ECON Sachbuch

Von Jürgen Fliege sind im ECON Taschenbuch Verlag außerdem lieferbar:
In hellen und in dunklen Tagen (TB 26374)
Komm und folge deinem Herzen (TB 26373)
Man spricht nur mit dem Herzen gut (TB 26044)
Jeden Tag ein Apfelbäumchen (TB 26461)

Das Buch:

»›Wir sind auch ein Klagemauerersatz‹, sage ich manchmal, wenn ich gefragt werde, was so viele Menschen bewegt, uns all ihre großen und kleinen Sorgen und Nöte anzuvertrauen. Das ist der Reim, den ich mir darauf mache, daß jede Woche vom Briefträger Hunderte und manchmal Tausende von Hilfeschreien, Fragen und Problemen in unser Studio getragen werden. Briefe, die oft ein ganzes Leben in sich tragen, so schwer, daß Nachporto bezahlt werden muß. Briefe, die schon ein ganzes Buch sind, liegen da, und man blättert in einem fremden Leben.«
Mit großer Behutsamkeit und einem besonderen Einfühlungsvermögen geht der beliebte Pfarrer und Fernsehmoderator Jürgen Fliege in seiner Sendung und seinen Kolumnen auf die Sorgen und Nöte zahlloser Menschen ein. Sein neues Buch bietet Rat und Hilfestellung für viele große und kleine Probleme des Alltags. Und es lehrt uns eine Fähigkeit, die viele in unserer hektischen Zeit vergessen haben: zuzuhören.

Der Autor:

Jürgen Fliege ist Pfarrer, Talkmaster, Filmemacher, Publizist und Autor. Er ist verheiratet, hat zwei Töchter und lebt in München.

Jürgen Fliege

Es ist nie
aller Tage Abend

Antworten auf Lebensfragen

ECON Taschenbuch Verlag

Veröffentlicht im ECON Taschenbuch Verlag
1997

Der ECON Taschenbuch Verlag
ist ein Unternehmen der ECON & List Verlagsgesellschaft
© 1997 by ECON Verlag GmbH, Düsseldorf und München
Umschlaggestaltung: Gretje Witt, Düsseldorf
Titelabbildung: Andrea Schick
Satz: Heinrich Fanslau GmbH, Düsseldorf
Druck und Bindearbeiten: Ebner Ulm
Printed in Germany
ISBN-3-612-26404-4

Es ist nie aller Tage Abend

All Eure Sorgen ...

Vom biblischen Tempel in Jerusalem ist nichts als ein Stück Mauer übriggeblieben. Alle Pracht und Größe haben die römischen Soldaten vor knapp zweitausend Jahren in Schutt und Asche gelegt. Alles, bis auf dieses Stück der gewaltigen Tempelgrundmauer. Das war ihnen offenbar nicht wichtig genug. Das blieb stehen und steht noch da. Aber seit der Zeit kommen Juden aus aller Welt nach Jerusalem an den Tempelmauerrest und beten und klagen und danken ihrem Gott. Sie kommen aus Amerika, Asien, Afrika, Europa. Es sind Alte und Junge, Arme und Reiche, Genies und Einfältige, Gesunde und Kranke. Sie berühren die uralten Steine der Mauer mit den Händen und beten ihre alten heiligen Psalme. Nichts ist ihnen so wichtig, wie diese alten Steine zu berühren. Was für eine Erfahrung steckt dahinter?

Klagemauer wird dieses Stück Gemäuer genannt, und sie ist für die frommen Juden die wichtigste Stelle auf Erden, um ihre Empfindungen, ihren Schmerz und ihre Freude in den unsichtbaren

Himmel zu dem namenlosen Gott zu schicken. Als wenn es nicht reichen würde, irgendwo in der weiten Welt die Hände zu falten, niederzuknien und den Himmel um Hilfe anzurufen, um die Not eines Menschen zu wenden. Als wenn es nicht reichen würde, irgendwo zu Hause zu weinen und zu klagen und wortlos zu seufzen. Das alles mit der festen Gewißheit des Glaubens im Herzen, der Himmel würde es schon sehen.

Es reicht offenbar nicht. Auch der frömmste Glaube braucht einen Anknüpfungspunkt. Gelegenheit macht nicht nur Liebe. Gelegenheit macht auch Klagen. Warum sonst kommen sie seit zwei Jahrtausenden nach Jerusalem? Als wenn man dem Himmel ein Stück entgegengehen müßte, um seine Aufmerksamkeit zu bekommen, so ziehen sie seit Generationen zu dieser Mauer. Als wenn man erst ein paar gewaltige Schritte auf das Rote Meer zugehen müßte, Schritt um Schritt, in der Hoffnung, daß es sich vor einem teilen wird, so gehen sie auf die Mauer zu. Als wenn man, modern und technisch ausgedrückt, mit seiner Seele geradezu ein Aufnahmestudio des Himmels, ausgestattet mit sensibelsten Mikrophonen, aufsuchen müßte, um die Hoffnung zu haben, irgendwo in der Weite des Himmels überhaupt gehört zu werden, so ziehen sie nach Jerusalem herauf.

»Wir sind auch ein Klagemauerersatz«, sage ich manchmal, wenn ich gefragt werde, was so viele

Menschen bewegt, uns all ihre großen und kleinen Sorgen und Nöte anzuvertrauen. Das ist der Reim, den ich mir darauf mache, daß jede Woche vom Briefträger Hunderte und manchmal Tausende von Hilfeschreien, Fragen und Problemen in unser Büro und Studio getragen werden. Briefe, die oft ein ganzes Leben in sich tragen, so schwer, daß Nachporto gezahlt werden muß. Briefe, die schon ein ganzes Buch sind, liegen da, und man blättert in einem fremden Leben. Und es liegt da offen und schutzlos vor einem. Und so kommen gar nicht einmal alle Briefe zu uns, damit wir mit unseren oft bescheidenen Mitteln irgend etwas ändern. Das können wir oft gar nicht. Die Menschen schreiben uns ihre Briefe, weil sie eine Adresse für ihre Klage brauchen. Klagen wollen schließlich gehört werden. So wie Tränen gesehen werden wollen. Klagen macht die Hälfte der Kommunikation unter uns Menschen aus. Die andere Hälfte erzählt von der Liebe. Es gibt eben nicht nur Siege im Leben. Es gibt genausoviele Niederlagen. Aber die sind zum Schweigen verurteilt. Wem das Herz voll ist, dem geht der Mund über. Aber wem der Mund voll Schmerzen ist, der darf nicht reden, der muß schlucken lernen – ob er kann oder nicht, ob er will oder nicht.

Das Klagen ist in unserer Kultur und in unseren Breiten aus der Mode gekommen. Klagen hat keine Konjunktur. Klagen gilt nicht. Klagen ist unfein.

Erfolgreiche Leute können nicht klagen. Daß man nicht klagen kann, ist bei uns geradezu zur Begrüßungsformel geworden. Es ist Voraussetzung für Geselligkeit und Kommunikation. Es gibt keine Klagemauern mehr. Die Kaufmannskultur, bei der sich jeder auf dem Markt anbieten und verkaufen muß, hat das Klagen als geschäftsschädigend erkannt und in die hintersten Kammern des Herzens verbannt. Da stirbt man dann leise an einem Hinterkammerwandherzinfarkt. Denn Klagen gilt nicht! Es bringt nichts. So wie es noch zur jüdischen Kultur gehört und in fast jedem Ton ihrer Musik und in jedem Wort ihrer Lieder noch mitschwingt, ist es bei uns ein zweites Mal von den Herrschern zerstört worden. In kaum einer Kirche, in den evangelischen noch weniger als in den katholischen, hängen noch die Bitten und Nöte der Menschen an den Wänden. An kaum einem Altar hängen noch die Briefe und Zettel voller Menschengeschichten, um sie von dort mit dem Weisen der ganzen Gemeinde der Aufmerksamkeit und Zuwendung Gottes zu empfehlen. Wohin mit den Klagen der Menschen? Und wo sie wie in Köln auf dem Domplatz stehen, kommt eine Behörde und läßt sie abbauen. Es gibt vor dem Kölner Dom keine Genehmigung zum Klagen. Herr, erbarme Dich!

Aber Klagen gehört zum Menschen. Auch wenn es der Behörde nicht paßt. Auch wenn es nicht in die konjunkturelle Landschaft paßt. Klagen ist der Anfang der Heilung und Voraussetzung von Erhörung. Wer nicht klagen kann, muß sich ja nicht wundern, wenn er auch nicht erhört wird. Wer nicht einschläft, kann auch nicht aufwachen. Wachbleiben kann nämlich keiner. Es wird Zeit, daß wir dem Klagen unter uns Menschen wieder einen Platz zuweisen. So ein Platz gehört in jedes Dorf, in jede Stadt, in jede Gemeinschaft. Eine Zeit zum Klagen gehört an jeden Tisch und in jede Familie, in jedes Bett und in jedes Herz.

Und fürchtet Euch nicht vor den Klagen der anderen Menschen. Sie wollen ja gar nicht, daß Ihr Zuhörer die Rettung seid. Sie kommen zu Dir und zu mir wie die Juden nach Jerusalem. Sie wollen Dich und mich berühren und rühren und Dir und mir ihr Leid klagen. Sie haben ein Menschenrecht darauf. Und sie wissen wie Du, daß nur der Himmel helfen kann. Aber erst wenn jemand auf Erden zuhört, kann die Klage laut werden und über die Lippen kommen. So laut, daß der Himmel sie am Ende hört.

So verstanden ist das Lesen der Briefe, die in diesem Buch abgedruckt sind, eine kleine Einübung in die Kunst, sich die Klagen anderer Menschen anzuhören. Und dann und wann wird man die Entdeckung dabei machen können, daß man ähnliche Nöte und Klagen hat, die über Jahre nicht geäußert werden konnten. Es war einfach keine menschliche Klagemauer da. Gut, daß sie langsam aus den Grüften des Herzens und der Seele nach oben kommen dürfen.

Mit diesem Wissen und Gefühl öffne ich die vielen Briefe. Ich kann nicht immer helfen. Ich kann nicht immer raten. Erst recht habe ich nicht immer den richtigen Rat. Ich muß ihn auch gar nicht wirklich haben. Aber ich kann zuhören wie die alten heiligen Steine der Klagemauer von Jerusalem. Nur bin ich, zugegeben, nicht immer so geduldig. Sogar von den Steinen kann man was lernen.

Und wenn ich dann dennoch antworte, wie hier in diesem Büchlein und dann und wann im Fernsehen, dann kommt diese Antwort auch nicht aus dem Himmel. Meine Antwort ist vielmehr ein Versuch, die Ansammlung von Lebenserfahrung, die in meinem Büro sozusagen in einem breiten Strom zusammenfließt, mit oft einfachen Worten weiterzugeben.

Aber die Klagemauer ist ja nicht nur ein Treffpunkt der Leidensgeschichten, sie ist immer auch ein Treffpunkt der Licht- und Hoffnungsgeschichten. Wir sind nichts anderes als ein merkwürdiger Marktplatz, auf dem eine der teuersten Waren der Welt gehandelt wird:

Hoffnung, Auswege! Und das Wunderbare oder Himmlische daran ist: Man kann sie ohne weiteres bezahlen. Es ist ein Tauschhandel: Klagen gegen Hoffnung!

Passen Sie gut auf sich auf!

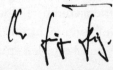

Sekten

Die Sekten sind die Sünden der Kirchen!« sagt Johannes Rau, der Ministerpräsident von NRW. Er meint wohl damit, daß die Menschen in den Kirchen immer weniger Herzenswärme und Orientierung finden. Die suchen sie dann in kleineren Kreisen. Aber das geht nicht ohne Probleme.

Es gibt sicherlich tausend Gründe, aus der Kirche auszutreten, Gründe, die ich gut verstehen kann: der Pfarrer, die Gemeinde, das Gefühl, dort nicht liebgehabt zu werden. Und dann hat man diesen alten Baumstamm Kirche rausgezogen aus seinem Leben. Aber was geschieht jetzt auf diesem Acker, auf dem einmal der Baum stand? Auf diesem Stück Erde? Auf diesem Stück Seele? Da nistet sich manche komische Pflanze ein. Und manchmal bedeutet das, daß eine Sekte Boden gewinnt.

Ich habe einen Brief von Margot bekommen. Sie schreibt mir:

»Vor ca. 14 Jahren waren wir in New York bei einer Massenhochzeit dabei, die ja diese Vereinigungskirche, die Mun-Sekte, veranstaltet.

Ich war drei Jahre verheiratet, und die Ehe ist nie vollzogen worden, und vor ca. 10 Jahren ist die Ehe vor dem Hamburger Familiengericht aufgehoben worden.«

Auf der Suche nach dem, was sich zwischen Himmel und Erde bewegt, gehen manche Menschen einem Rattenfänger nach. Und Mun ist so ein Rattenfänger. Das mag sich Vereinigungskirche nennen und mit einem Etikett werben, worin weder Kirche und schon gar nicht Vereinigung zu finden ist.

Und dann kommt man nur mit großen Schwierigkeiten aus so einer Mühle wieder heraus. Es kann manchmal sogar um Leben und Tod gehen. Da schreibt mir Peter aus Norddeutschland:

»... neuerdings macht eine Sekte von sich reden, die in den 70er und 80er Jahren durch ihre üblen Praktiken berühmt-berüchtigt wurde: die ›Kinder Gottes‹, die sich jetzt ›Die Familie‹ nennt.

Ich war 1967 bis 1977 Mitglied dieser sogenannten ›Endzeitsekte‹. Uns wurde ein Leben voller Harmonie, Freude und Abenteuer versprochen. Der rauhe Alltag in der Sekte sah anders aus: Täglich mußten wir auf die Straßen, um gegen Geldspenden die Schriften ›Mose Davids‹ zu verteilen.

Mose David forderte seine Anhängerinnen auf, sich als

›*Gottes Huren*‹ *fremden Männern sexuell hinzugeben, um diese in die Sekte zu locken. Später kamen dann noch Inzestpraktiken hinzu, die der Prophet selbst ausübte.*«

Dem Brief entnehme ich noch, daß es eine selbstverständliche Voraussetzung war, ihr Eigentum der Sekte zu verschreiben, jeden Kontakt zu Eltern und Freunden abzubrechen.

Nun sage ich nicht, daß alle Sekten so sind. Aber der Brief macht deutlich, wo man hinkommt, wenn man das, was wir seit ein- bis zweitausend Jahren Stück für Stück aufgebaut haben, vernachlässigt. Jeder ist nämlich selbst verantwortlich für das, was er oder sie treibt. Margot und Peter kann ich deshalb nur raten: Folgt keinem Führer, weder einem religiösen noch einem weltlichen noch einem politischen – selber denken macht stark. Das kann funktionieren, wenn man einfach neugierig ist, voller Sehnsucht und sich auf ein Abenteuer einlassen will, ein spirituelles Abenteuer.

Wenn Sie meinen Rat haben wollen: Gehen Sie trotz Pfarrer in die Kirche, gucken Sie mal, ob in dem hohlen Zahn, der in Ihrer Stadt noch steht, Leben drin ist für Sie, und wenn das alles nichts hilft, gibt es da noch ein Buch, das voller Leben ist. Das ist die Heilige Schrift. Sie können sie selber lesen. Sie können sie auch selber verstehen. Und da brauchen Sie niemanden, der Ihnen diese Worte erklärt.

Nun habe ich auch versucht, in meiner Sendung auf diese Probleme aufmerksam zu machen und habe ein Ehepaar aus Köln eingeladen. Das Paar hat erzählt, daß sie einen ihrer Söhne an die Scientology-Church verloren haben. Ein paar Tage später schreiben sie mir:

»... möchten wir Ihnen noch einmal für die Gelegenheit danken, in Ihrer Sendung auf die Gefahren der Scientology-Organisation aufmerksam machen zu können. Sicher war unser Beitrag als betroffene Eltern bzw. Brüder nur ein kleiner Ausschnitt, der kaum die Gefährlichkeit dieser Organisation erklärt. Unser Anliegen ist es, durch Öffentlichkeitsarbeit andere Menschen zu informieren und zu warnen.«

Das scheint ein wenig gelungen zu sein, denn nach der Sendung kam ein Brief von einer ganz anderen Ecke in Deutschland, aus Lübbenau in der Gegend von Brandenburg, hinter Berlin. Da gibt es offenbar dasselbe Problem. Da schreibt mir Brigitte:

»Es besteht Grund zu der Annahme, daß sich auch in unserer Stadt eine ähnliche Gruppe niederlassen will.«

Und dann ein anonymer Brief – von einem Vater –, dessen Sohn, so vermutet er, in eine Sekte geraten ist. Er schreibt nicht, in welche, er ist sich nicht einmal ganz sicher, aber er möchte wissen: Woran erkennt man eigentlich eine Sekte? Das ist die große Frage dieser Familie.

Beantwortet hat mir diese Frage Dr. Wolfgang Behnk, Sektenbeauftragter der evangelischen Kirche in Bayern.

Ich gebe hier das Telefongespräch wieder.

F.: »Woran erkennt man eine Sekte, Herr Behnk?«

B.: »Man erkennt sie an ihren Methoden. Sie versprechen nach außen totale Freiheit, totale Gesundheit und Glück und in Wirklichkeit, im Inneren, stellt sich dann raus, daß das einzig Totale die totale Vereinnahmung der Mitglieder ist. Sie werden alle entmündigt, sie werden ausgebeutet, manche sogar gefährdet.«

F.: »Sekte ist ja ein lateinisches Wort, heißt eigentlich: abschneiden. Werden diese Leute, die in eine Sekte gehen, systematisch abgeschnitten von ihren Freunden, von ihren Familien, kann man auch daran eine Sekte erkennen, daß man alles abbrechen muß, was man vorher kannte und liebte?«

B.: »Sicher. Sie leben in völliger Isolation, haben eine eigene Sprache, die nur im Inneren funktioniert, werden von den Nachrichten und den Menschen abgeschnitten.«

F.: »Wenn ich nun meinen Sohn verloren habe, was muß ich machen, um ihn wiederzukriegen. Kann ich ihn vielleicht kidnappen? Es gibt in den USA solche Geschichten, wo die Eltern sagen: Wir kidnappen einfach unseren Sohn.«

B.: »Das sogenannte ›deprogramming‹-Verfahren

würde letztlich seine Freiheit verletzen. Wenn er mündig und volljährig ist, geht das nicht. Und überhaupt sind Druckmittel nicht angesagt, auch keine Vorwürfe und Moralisierung, sondern viel menschliche Zuwendung. Wichtig ist eine positive Atmosphäre, wo dann ein sinnvolles Gespäch ermöglicht wird. Und der Inhalt des Gespräches muß dann nicht eine Belehrung sein über das, was ich von der Sekte weiß, sondern die Familie muß versuchen, mit dem Sohn die Deckungslücke zu entdecken zwischen dem, was die Sekte verspricht und was sie einlöst.«

F.: »Man muß also mit ihm gemeinsam mal die Sekte kritisch betrachten, so wie man das ganze Leben kritisch betrachtet.«

B.: »So ist es. Er hat sich ja Hoffnungen gemacht, und er baut auf die Hoffnungen, und wenn etwas nicht klappt, wird er vertröstet.«

F.: »In diesem Fall hat die Familie sogar die Hälfte des Erbes locker gemacht, um dem Sohn so seinen Anteil auszuzahlen. Finden Sie das richtig?«

B.: »Das ist nicht richtig. Das Geld zur persönlichen Verwendung ist natürlich o. k., aber wenn dadurch die Sekte gestärkt wird, das ist nicht o. k. Abgesehen davon kommt der Junge dann um seinen Erbteil, und, wenn er raus will, hat er nichts mehr.«

F.: »Letzte Frage: Wenn das vielen Leuten so geht im Land, wie können sie sich informieren?«

B.: »Also zunächst einmal sind die unmittelbaren Bezugspersonen wichtig, die Angehörigen, die

Freunde. Aber dann gibt es den Seelsorger, es gibt Sekten-Beratungsstellen, gegebenenfalls ist auch ein Rechtsanwalt oder sogar die Polizei angebracht.«

F.: »Gut, drei Adressen gibt es, und man kann ruhig den Mut haben, mal zum Pfarrer zu gehen, zur Polizei, zum Rechtsanwalt und sagen: Kontrolliere das mal.«

B.: »Bloß nicht versuchen, im Alleingang das zu machen, sondern ganz wichtig sind die Gespräche. Er muß ja auch seine Erfahrungen mit jemand besprechen, um sie besser verarbeiten zu können, und oft ist ganz konkrete Hilfe, sind Maßnahmen erforderlich, damit er wieder auf die Reihe kommt.«

F.: »Finde ich ganz wichtig, sich nicht alleine auf den Weg zu machen, sondern mit dem Sohn zu reden und sachkundige Hilfe zu holen. Man will ja schließlich Erfolg haben.«

Legasthenie

Wie viele Kinder, besonders meiner Generation, sind von Gott auf die Welt geschickt worden mit einer sehr geschickten linken Hand. Und wie vielen hat man gerade diese linke Hand verboten, weil man uns erzogen hat, daß man nur mit Rechts schreiben darf. Die Folge waren nicht nur Fehler über Fehler, sondern auch allzu oft Mangel an Selbstbewußtsein. Und das genauso hart bei umerzogenen Linksschreibern wie bei den sogenannten »Legasthenikern«.

Mir ging das genauso. Ich erzähle erst mal von mir.

Daß ich dreimal sitzengeblieben bin, ist kein Geheimnis mehr. Aber Sie wissen vielleicht nicht warum. Ich konnte nie richtig lesen und nie richtig schreiben, als ich so acht, neun, zehn, elf, zwölf Jahre alt war. Immer hatte ich bis zu 70–80 Fehler auf einer Seite. Das war mehr rote Tinte des Lehrers als eigene schwarze von mir. Aber das geht auch vorbei. Man kommt schon irgendwie durch dieses Tal.

Und da schreibt mir Eric, dem es offenbar genauso geht, wie es mir gegangen ist. Auch er hat offenbar so eine Schwäche.

»Ich bin Eric und habe eine Lese-Rechtschreib-Schwäche, das heißt, ich habe eine L.R.S. Weil ich in der ersten Klasse so schlecht in Deutsch war, besuchte ich eine L.-R.-S.-Klasse zwei Jahre lang, und nun bin ich in der vierten Klasse, und ich find' es doof, daß andre darüber lachen, daß ich eine L.R.S. habe. Ich wünsche mir, daß Sie darüber sprechen, weil L.-R.-S.-Kinder ja nicht dumm sind.«

Das kann man wohl sagen. Oft habe ich den Eindruck, wir sind sogar ziemlich intelligent. Wir sind sogar ein bißchen klüger, daß wir das aushalten und trotzdem weiterkommen. Und wie mühsam das ist, sieht man daran, wie lange Eric zu diesem Brief gebraucht hat. Seine Mutter hat es uns verraten.

»Für diese Zeilen hat Eric fast zwei Stunden gebraucht. Er kam als ganz normales Kind auf die Welt. Aufgrund seiner Schwäche kam er in eine L.-R.-S.-Klasse, wo die Kinder speziell gefördert werden. Wir sind sehr glücklich, daß es solch eine Schule gibt.«

Ich auch, denn damals, zu meiner Zeit, gab es die nicht.
Um dem Geheimnis dieser Lese-Rechtschreib-Schwäche auf die Spur zu kommen, habe ich mit

© Foto Sessner

der Vorsitzenden des Bundesverbands Legasthenie, nämlich Frau Rita Schwark, gesprochen.

F.: »Weiß man mittlerweile, woran diese Legasthenie liegt?«

Sch.: »Es haben natürlich viele Menschen Proleme mit dem Lesen und Schreiben und brauchen auch alle Hilfe. Aber nicht alle sind Legastheniker. Wir unterscheiden zwischen vorübergehenden, eher von außen verursachten Schwierigkeiten und ausgeprägten langwierigen Störungen. Diese bezeichnen wir als Legasthenie. Eine Legasthenie wird ausgelöst durch häufig sehr unauffällige Störungen in der Wahrnehmung und in den Bewegungsabläufen, das heißt sehen, hören, Raumlage, balancieren können.«

F.: »Und wie krieg' ich raus, daß mein Kind Legastheniker ist?«

Sch.: »Ich wollte noch hinzufügen: Wichtig ist, daß das wirklich nichts mit mangelnder Intelligenz zu tun hat. Wie Sie das rauskriegen, ist eine schwierige Frage. Die Eltern beobachten meistens Wahrnehmungsstörungen, auch wenn sie sehr unauffällig sind, und können sich die nicht erklären.«

F.: »Und wie kann ich denn nun mein Kind, wenn es Legasthenie hat ...«

Sch.: »Sie müssen wissen, daß bloßes Üben nichts hilft. Das machen Sie als Eltern meistens ...«

F.: »Das sage ich den Lehrern immer wieder. Es hat überhaupt keinen Zweck, drei Diktate extra abzuschreiben.«

Sch.: »So ist es. Die Legastheniker brauchen eine Lese-Rechtschreib-Unterstützung, die auf ihre individuellen Störungsfelder eingeht. Das ist natürlich für uns Erwachsene sehr schwer.«

F.: »Frau Schwark. Ist es denn so, daß ich sagen kann: Mein Kind hat Legasthenie und wird trotzdem versetzt? Wissen das die Lehrer?«

Sch.: »Ich hoffe, sie wissen das!«

Drogen

Je weniger Bedeutung Religion im Leben der Menschen und der Gesellschaft hat, desto stärker wächst die Zahl der Drogenabhängigen. Als wenn es einen Zusamenhang geben würde. Vielleicht ist es derselbe, der zwischen den Wörtern Sucht und Suchen besteht.

Manchmal kann ich wirklich spüren, wie lange jemand gezögert hat, seinen Brief zu schreiben und dann auch wirklich abzuschicken. Da steckt manche Geschichte dahinter. Beispielsweise hier:

»Nach 19 Monaten voller Sorgen, Ängste und Nöte möchte ich heute an die Öffentlichkeit gehen. Unser einziger Sohn, 27 Jahre alt, hat drei Jahre Heroin genommen, dann konnte und wollte er nicht mehr und suchte Hilfe. Wir waren auf weiter Flur alleine. Wir kannten ja nichts von diesen schrecklichen Dingen, wir waren hilflos.«

Ich finde an diesem Brief etwas ganz besonders ermutigend. Nämlich, daß eine Mutter irgendwie geahnt hat, daß sie ihrem Sohn helfen muß. Solange sie schweigt, solange sie versucht, es vor den Nachbarn geheimzuhalten, daß ihr Sohn heroinsüchtig ist und spritzt, solange sie es überall vertuscht, kann sie ihm nicht helfen. Das schafft man nicht. Und jetzt merkt sie auf einmal: Ich muß darüber reden. Und ein Nachbar reicht mir nicht. Wir müssen uns zusammentun, um darüber zu reden. Wir Eltern, Mütter und Väter betroffener Kinder. Ihr Schritt an die Öffentlichkeit gefällt mir gut.

Drogen und kein Ende. Es erreichen mich immer wieder Briefe, in denen Eltern sagen: »Was soll ich nur machen«, und oft hat man den Eindruck: Es ist gar nicht das erste Unglück, das eine Familie trifft. So schreibt mir eine Frau aus dem Schwäbischen, die bald 50 Jahre alt ist. Und aus dem Brief entnehme ich: Die Geschichte der drogensüchtigen Söhne ist das letzte Kapitel eines dramatischen Lebens:

»Mein Mann und ich, wir haben sechs Kinder gehabt. Zwei sind gestorben, ein kleiner Sohn mit vier Jahren an Knochenkrebs, mein großer Sohn Marco mit 25 Jahren an einer Dosis Heroin, dieses teuflische Zeug, mein kleiner Sohn Gino ist jetzt gerade 25 Jahre. Auch er ist abhängig durch seine Frau geworden. Lieber Herr Pfarrer, dieses schwere Leid zu tragen, ich weiß gar nicht mehr weiter. Auch ich wurde vor sechs Jahren an Brustkrebs operiert. Danach wurde mir die Lunge verbrannt, so daß ich jetzt eine Lungenfibrose habe. Auch mein Mann ist krank. Die Drogensucht der Kinder hat uns kaputtgemacht.«

Ich lese diesen Brief Zeile für Zeile und denke: Liebe Erika, wie ertragen Sie das? Wie haben Sie das geschafft? Wie haben Sie es geschafft, nicht bei jedem dieser Nackenschläge des Lebens in die Knie zu gehen? Sie schreiben dann am Ende, daß Ihnen Ihre Religion hilft. Daß das ganze Leid, das Sie ertragen mußten, aufgefangen wird durch die Religion. Als wenn Sie Gott ergeben wären, weil Sie schon so manchen Kampf verloren haben.

Ich kann mir vorstellen, daß es in Ihrer Situation genau das Richtige ist. Nicht zu kämpfen, sondern zu sagen: »Lieber Gott, was auch immer ich mit meinen Kindern gemacht habe, scheint nicht ganz in Ordnung gewesen zu sein. Jetzt gebe ich sie ganz in Deine Hand. Rette sie!« Meinen Segen kriegen Sie dazu.

Mobbing

A ch, würden doch alle Mobbing-Geschichten, die uns täglich hier im Büro erreichen, so ausgehen wie die Geschichte vom häßlichen jungen Entlein, das sich eines Tages als Schwan entpuppte. Aber erst, nachdem es die ganze Kinderzeit über auf dem Entenhof gemobbt wurde.

Sie kennen sie alle, diese Stichworte, »Mobbing«, »Krieg am Arbeitsplatz«. Das beschreibt ganz hart, wie die Konkurrenz die Kollegin, den Kollegen verdrängt und ihn vernichten will. Ist das eigentlich eine Frage der Psychohygiene, der Seelen, der Empfindsamkeit? Oder muß der »schwarze Peter« nicht ganz woanders gesucht werden?

Ich habe unendlich viele Briefe zu diesem Thema bekommen und habe das Gefühl, wir müssen mal einen »schwarzen Peter« nach Bonn schicken. Es ist ja nicht so, als wenn wir in den letzten 10, 20, 30 Jahren empfindlicher geworden wären. Es ist statt dessen so, daß es viel zu wenig Arbeit gibt. Und der Kampf um diese wenigen Arbeitsplätze wird viel härter ausgefochten. Ohne Bandagen, mit der Faust, und eben mit Mobbing. So schreibt mir Rita:

»Seit ca. vier Jahren führe ich Krieg mit meinem Chef. Das geht über kleine Sticheleien bis hin zu handfesten Auseinandersetzungen. Da ich ein fröhlicher Mensch bin, bin ich meinem Chef wohl ein Dorn im Auge, was er mir unter vier Augen auch schon ins Gesicht gesagt hat.
Ich bin unter den Kollegen sehr beliebt, aber mein Chef versucht ständig, an meiner Arbeit Anstoß zu nehmen. Aber egal was kommt, ich sag' mir immer wieder: ›Du kriegst mich nicht kaputt.‹«

Krieg am Arbeitsplatz. Was soll man machen? Vermutlich müssen Sie zuerst einmal sehen, daß es kein Krieg des einen gegen den anderen ist, sondern daß wir alle in einem Boot sitzen. Es geht um Arbeit, es geht um Arbeitsplätze. Und die Regel wird dann wahrscheinlich auf lange Sicht sein, daß wir sie uns teilen müssen, also Teilzeitarbeit für alle. Und die Arbeit, die dann noch übrigbleibt, die wir zu Hause tun müssen, die müssen wir auch teilen. Den Frauen helfen, aus der zweiten Reihe aufzutauchen, damit wir uns in einer Welt zurechtfinden, vor der wir uns lange gedrückt haben. Da, denke ich, liegt die Zukunft.
Aber in der Zwischenzeit müssen wir mit den Kollegen und Kolleginnen zurechtkommen. Aber wie soll man das schaffen? Da schreibt mir Silke:

»Lange Zeit habe ich unter Mobbing gelitten, ich habe manchmal gedacht – das schaffe ich nicht mehr. Heute habe ich alles überstanden. Vor drei Jahren habe ich eine Psychotherapie gemacht...«

Und die hat sie offenbar gerettet. In der Psychotherapie hat Silke zehn Gebote formuliert, zehn Gebote gegen das Mobbing. Ein paar Gebote finde ich so schön, daß ich sie Ihnen gerne mitteilen möchte. Zum Beispiel das zweite:

»Du sollst Kolleginnen und Kollegen nicht verletzen durch Worte, Rede oder Taten.«
Oder das vierte Gebot:
»Du sollst nicht vorschnell über Mitmenschen urteilen, sie mit negativen Assoziationen belegen oder aus dieser Sicht Meinungen über sie verbreiten.«
Oder das siebte Gebot:
»Du sollst Dich nicht am Mißerfolg oder an Fehlern Deiner Kolleginnen und Kollegen erfreuen, sondern ihnen helfen, sie in Zukunft zu vermeiden.«

Na, wie wär das denn, wenn sowas an Ihrem Arbeitsplatz hängen würde? Denken Sie doch mal darüber nach. Letztlich geht es darum, daß wir uns anders verhalten müssen mit den wenigen Arbeitsplätzen, die wir haben.

Tod des Vaters

Wir unterschätzen immer noch weithin, welche immense Bedeutung der Tod eines Familienangehörigen für die weitere Entwicklung der Familie und ihrer Angehörigen hat. Sie sind die Auslöser mancher Verstörung und Orientierungslosigkeit. Da wird zuwenig erklärt und begleitet. Und weil das so ist, hat mancher Brief, der uns erreicht, einen schwarzen Trauerrand.

Ein Kind hat seinen Vater verloren, ein Mädchen ist es, zehn Jahre alt, und fragt die Oma immer wieder: »Oma, wo ist der Papi?« Er ist bei einem Motorradunfall ums Leben gekommen und die Großmutter, Frau H., weiß nicht, was sie antworten soll.

»Omi, wo ist Gott? Wie sieht er aus? Ich dachte immer, er ist im Himmel, aber wenn ich mit Mama fliege und über den Wolken bin, ist doch auch ›Nichts‹. Bitte Omi, sag Du mir, wo er ist. Wo ist Papa? Und wie sieht Gott aus? Langsam glaube ich nicht mehr an das, was die Leute sagen.«

Eine Antwort darauf zu finden, ist unendlich schwer. Da hat man einem Kind beigebracht, Gott sei oben und zeigt in den Himmel, und er ist nicht da. Die Oma hat eigentlich eine ganz antike Antwort gegeben. Früher hat man Gott immer da gesucht, wo man selber nicht hinkam: jenseits des Meeres oder da oben im Himmel. Jetzt, wo man überall hinkommt, sieht man, daß er nicht da ist.

Er ist in der unsichtbaren Welt. Aber wie bringen wir unseren Kindern bei, daß es eine unsichtbare Wirklichkeit gibt, die unsere umfaßt?

Manchmal merkt man es in den Träumen, daß mehr hinter den Dingen steckt, als man auf den ersten Blick sieht. Wissen Sie was? Schenken Sie doch Ihrem Enkelkind ein paar Bücher. Ich finde »Die Brüder Löwenherz« eine wunderschöne Geschichte, um unseren Kindern zu zeigen, wie die andere Wirklichkeit aussieht. »Die Brüder Löwenherz« ist eine Geschichte über den Tod eines kleinen Jungen von Astrid Lindgren. Oder: »Martin und der Großvater«. Das ist eine Geschichte darüber, wie man mit Abschiednehmen fertig wird, wenn der Vater, die Mutter oder der Großvater gestorben ist.

Aber in dem Brief von Frau H. fällt mir etwas auf. Briefe lese ich nämlich immer ganz genau. Sie hat mir vielleicht gar nicht nur über Ihr Enkelkind etwas geschrieben, sondern auch über sich selbst. Denn wenn ich mir den Brief noch mal vornehme, dann steht da am Ende:

»Habe großes Leid hinter mir und noch sehr viel vor mir.
Hole mir aber sehr viel von Ihren Schreiben oder Reden
heraus für meinen Alltag.«

Ich verstehe, daß es für Frau H. unendlich schwer
ist – wenn man selbst so trostlos das Leid noch vor
sich sieht –, seinem kleinen Enkelkind über den
Kopf zu streicheln und sagen zu können: »Ich
weiß, daß alles ein gutes Ende nimmt.«
Kann es vielleicht sein, daß die Fragen des Enkel-
kindes auch die der Oma sind? Daß sie sagt: »Mit
all dem Leid, das ich vor mir habe, weiß ich nicht,
wo der Gott ist?« Weil ich glaube, daß das so ist,
erzähle ich noch eine andere Geschichte.
Die Geschichte von Hiob aus dem Alten Testament. Der sitzt genauso da in seiner Krankheit, mit
seinem aufgelösten Leben. Und was macht er? Er
schreit. Da kommen drei Freunde mit klugen Reden, was der Gott tut und was er nicht tut. Aber
Hiob sagt: »Seid ruhig«, und das Allerwichtigste ist,
er hört nicht auf zu fragen. Er will die Antworten
seines Lebens von Gott.
Und wenn ich Frau H. darin bestärken kann, daß
auch sie fragend bleibt und sagt: »Ich will eine Antwort auf mein Leid. Ich will wissen, warum ich
noch so viel durchmachen muß«, dann denke ich
mir, sie kriegt eine Antwort, so wie Hiob sie auch
bekommen hat. Ich wenigstens möchte sie darin
bestärken.

Ob man nun zehn Jahre alt ist und die Oma fragt, oder 20 Jahre und niemanden mehr hat, den man fragen kann. Der frühe Tod des Vaters läßt viele Menschen an Gott und der Welt verzweifeln.

Ich möchte mir Zeit nehmen für ein Mädchen, 20 Jahre alt, das beide Eltern verloren hat. Den Vater dadurch, daß er an einer unheilbaren Krankheit starb und die Mutter, die das alles nicht ertragen konnte und während dieser großen Krise der Familie einfach weglief. Und nun steht Steffi alleine da. Sie erzählt mir in einem Brief von ihrem Vater, der 13 Jahre lang nierenkrank war. Die Mutter hat das offenbar so belastet, daß sie in Kur mußte und sie

»... lachte sich während ihrer Kur einen sogenannten Kurschatten an. Ohne viel nachzudenken, verließ sie meinen Vater und mich innerhalb einer Woche.«

Und dann leben der kranke Vater und die Tochter alleine zusammen zu Hause, und Steffi muß den kranken Vater pflegen. Was heißt hier, muß. Sie tut es gerne, sie liebte ihren Vater.

»Somit lebte ich also ab Mitte Februar mit Papa alleine. Das ganze nächste Jahr lernte ich ihn so richtig kennen, litt mit ihm unter der Trennung von Mama.«

Zu diesem Zeitpunkt hatte sie, Steffi, mit ihren 19 Jahren *»die Ausbildung zu schaffen, den Haushalt zu*

34

*führen, mich um Papa zu kümmern. Ich plante schon
die Zukunft mit ihm.«*

Aber dann kam ihr Papa doch ins Krankenhaus,
um dort wahrscheinlich die letzten Monate, Wochen, Tage seines Lebens zu leben.

*»Ich mußte mit ansehen, wie mein Vater von Tag zu Tag
mehr starb, immer weniger leben wollte. Plötzlich stand
ich alleine da, verlassen von den Eltern.«*

Als sie offenbar zum letzten Mal da hinging, zu
Papa ins Krankenhaus, guckte er sie mit einem
Blick an…

*»… der anders war. Danach drehte er sich von mir weg.
Im nachhinein glaube ich, daß er wußte, daß er sterben
würde und mich einfach mit ›diesem Blick‹ in Erinnerung behalten wollte.
Ich sehe keinen Sinn in seinem Tod, und es stellt sich mir
immer wieder eine einzige Frage: Mit welcher Absicht hat
Gott mir meinen Vater genommen? ›Passen Sie gut auf
sich auf‹ sind immer Ihre letzten Worte. Paßt Papa auch
auf mich auf?«*

Steffi, ich weiß das nicht, weiß es wirklich nicht.
Die einzige, die es wissen könnte, sind Sie selbst.
Um das rauszukriegen, gibt es ja nicht nur die
Ohren, die Augen, da gibt es ja auch ein Herz, was
spürt und fühlt, ob er da ist und sich Ihnen zu-
wendet vom Himmel aus. Aber ich weiß das nicht.

Horchen Sie doch mal in sich hinein. Was fühlen Sie am Tag? Erinnern Sie doch mal: Was träumen Sie in der Nacht? Gibt es da so ein Gefühl? Oder gibt es da eine Erinnerung, die dieses Gefühl stärkt »er paßt auf mich auf?«

In den nächsten Monaten, vielleicht Jahren, werden Sie neue Menschen kennenlernen, Männer und Frauen, und ich bin ganz sicher, daß Sie jedesmal, wenn Sie einen neuen Menschen sehen, der Ihnen wichtig werden könnte, sich eine Frage stellen, und die heißt: »Was sagt Papa zu ihm, und was sagt Papa zu ihr?« Daran sehen Sie: Er ist immer bei Ihnen.

Tod des Kindes

Eine Mutter, die ihr Kind verloren hat, hat es nur aus den Augen verloren. Nie aber aus dem Herzen. Der Verlust eines Kindes ist das größte Tor in die unsichtbare Wirklichkeit hinein, um es wiederzufinden. Aber es ist ein Tor voller Schmerzen.

Vielleicht ist der Tod eines Kindes das Schwerste, was einem Menschen, einer Mutter, überhaupt im Leben passieren kann. Sie glaubt in diesem Augenblick sicher, alle Zukunft aus der Hand geben zu müssen. Dieses Schicksal mußte Renate erfahren:

»Gott hat unsere liebe Christine im blühenden Leben von 23 Jahren ganz plötzlich von uns weggeholt durch einen Fahrradunfall. Es war vor neun Jahren. Ich kann es nicht in Worte fassen, wie schrecklich dieser Keileinschnitt in meinem Leben war. Ich durfte noch die letzte Nacht, Dank unseres Pfarrers, in der Unfallklinik sein. Sie lag in tiefem Koma. Nichts mehr zu ihr sagen zu können, das war so schwer. Doch hoffte ich, daß Christine spüren durfte, daß Mama bei ihr war.«

Renate, Sie haben ein Geschenk erfahren, was ich auch so empfinden würde, nämlich: Ich kann bei meinem Kind sein, wenn es im Koma liegt – es wird mir nicht von einer auf die andere Sekunde entrissen, ich kann noch mit ihm reden, ich kann das Gefühl haben, es ist noch da und ich bin da, und die beiden Seelen treffen sich.

Denn das Sterben ist ja so wie das Einschlafen, wenigstens ist das meine Pfarramtserfahrung. Zuerst sieht man nicht mehr, wie beim Einschlafen, aber man hört noch alles, man hört noch die Straßenbahn, die Autos, den Wind, alles hört man noch, wenn man abends einschläft. Und das Wort, das man einem Sterbenden sagt, hört er noch. Da sind seine Augen längst gebrochen. Und wenn das Hören auch schwindet, dann ist immer noch der Tastsinn da, und man streichelt einen Menschen, der wandern und gehen und reisen muß, und er ist immer noch nicht allein, weil er spürt, du bist da. Mama ist da, so wie jeden Abend beim Einschlafen. Daß man das Koma eines Kindes, das einen verlassen muß, als einen Segen erfährt, das leuchtet mir ein. Das ist es auch. Man kann Abschied voneinander nehmen. Und sie schreibt weiter:

»Doch wäre es nicht richtig, Ihnen die andere Erfahrung mit unserem Vater im Himmel zu verschweigen. Ich durfte ihn so helfend, liebend, tröstend erfahren wie nie im meinem Leben. Als legte Gott seinen Arm um mich und möchte mir sagen: ›Halt Dich nun ganz fest an mir,

© Spöttel-Picture

*ich möchte Dich auf diesem schweren Weg begleiten. Ich
hab Dich innig lieb.‹ Glauben Sie es mir, ich übertreibe
nicht.«*

Ich denke, daß es so ist. Ich kenne das Gefühl
auch, daß man, je intensiver man sich auf seine
Gefühle einläßt, ein enormes Geschütztsein emp-
findet.

Menschen, die wieder ins Leben zurückkehren
mußten, sprechen davon, daß sie in solchen
Augenblicken Schutzengel oder irgend etwas Wär-
mendes, Bergendes empfunden haben. Sie sagen,
daß sie »den Arm Gottes« erfahren haben.

Dann wird es für mich schwer. Sie schreiben nämlich weiter:

*»Gott hat mir dieses bittere Leid zum Segen gemacht. Ich
bin ihm so dankbar, daß Er unsere Christine hier schon
früh zum lebendigen Heiland gebracht hat.«*

Ich denke, Sie dürfen diesen Satz sagen. Sie können Ihre Erfahrungen in ein solches Wort packen.
Was zuerst Leid war, ist dann Segen geworden.
Doch das würde ja bedeuten, daß der Tod eines
Kindes, was Sie 23 Jahre haben durften, auch se-
gensreich für Sie sei. Ich denke, das kann nur ein
Mensch sagen, der es selbst erlebt hat. Das darf
man niemandem anderem sagen, denn es sind Be-
kenntnisse einer Mutter.

Ich hoffe, daß Sie mit diesem Kind, das nun eigentlich im Himmel für Sie erreichbar ist, weiter glücklich sind und danke Ihnen für diesen offenen Brief.

Tod der Oma

Wer seine Kinder verliert, verliert seine Vorstellung von der Zukunft. Wer seine Eltern verliert, dem drohen die Wurzeln abhanden zu kommen. Aber wenn man die Wurzeln nicht mehr sehen kann, muß man sie mit dem Gefühl wahrnehmen. Wohl dem, der beizeiten gelernt hat, seine Eltern und Großeltern zu fühlen. Er wird jetzt nicht verzweifeln. Ihm sind die Wege in den Himmel offen.

Ich lese ihren Brief und trauere mit Simone, die vor wenigen Wochen ihre Großmutter verloren hat. Sie muß sie unendlich liebgehabt haben, denn, so groß die Liebe, so groß der Schmerz. Jetzt spürt sie den Schmerz und weiß nicht, ob sie aus diesem Loch, aus dieser Einsamkeit, Traurigkeit und Dunkelheit wieder herausfindet. Sie schreibt mir sogar einen Einschreibebrief, das heißt auf deutsch: Bitte, bitte, bitte, laß mich nicht allein. Ich muß von Dir hören. Und so schreibt sie mir:

»Ich weiß nicht, wie ich mit dieser tiefen Traurigkeit in mir fertig werden soll.«

Und dann ist sie zum Friedhof hingegangen, als die Großmutter noch nicht begraben war und hat sich sogar den Sarg öffnen lassen. Jetzt könnte man sagen: »Um Gottes willen, warum tust Du das?« Und ich sage: »Simone, was Du da gemacht hast, ist absolut richtig, denn Abschied nehmen heißt sich Zeit nehmen, da muß man der Oma ins Angesicht sehen. Ich weiß, daß das wehtut, aber es hilft, den Schmerz wirklich durchzustehen.«

»Der Sarg wurde noch einmal geöffnet. Ich hatte zuvor noch keine Tote gesehen und bekam zunächst einen Schrecken. Dann weinte ich hemmungslos, denn meine Oma lag im Sarg, als würde sie nur schlafen. Ich wäre am liebsten hingegangen, hätte sie geschüttelt und ›Oma, komm, steh auf‹ gesagt.«

Ich finde es wichtig, daß der Schmerz, der Abschiedsschmerz, sich in solchen Minuten noch einmal bündelt und rate eigentlich jedem, sich nicht verrückt machen zu lassen von Beerdigungsunternehmern, die sagen: »Das halten Sie nicht aus!« Das halten Sie aus. Es ist ein Mensch, den Sie liebgehabt haben, und den halten Sie auch aus.
Und dann kommt noch ein Augenblick, wo Sie mutig sein müssen. Da sitzen Sie nämlich in der ersten Reihe bei einer Beerdigung und sehen den

Sarg und die Blumen. So geht es auch Simone und ihrer Schwester. Die Schwester von Simone, die neben ihr sitzt, sieht, daß eine Blume knickt. Eine Blume am Sarg von Großmutter und, sie macht sich gleich ihren Reim darauf. Sie schreibt:

»Später, nachdem die Beerdigung vorbei war, erzählte mir meine Schwester, daß eine Blume umknickte, ohne daß sie von irgend jemand berührt wurde.«

Ich kenne das, daß man in solchen Augenblicken, wenn man einen Menschen verloren hat, auf den man sich stützen konnte, nach Zeichen des Himmels und der Erde sucht, die sagen, wie geht es weiter. Bin ich allein, oder bist Du wirklich weg, oder gib mir ein Zeichen, daß es Dich noch gibt. Wo man eine umknickende Blume vielleicht als zusätzlichen Schrecken interpretiert. Aber wenn man die alten biblischen Geschichten kennt, Simone, kann man sie genau umgekehrt interpretieren. Da gibt es einen alten Satz, daß Gott einen Halm, der geknickt ist, nicht abschneiden wird, nicht töten wird, sondern das geknickte Rohr, so heißt es, richtet er wieder auf. Es könnte ein Zeichen Deiner Großmutter aus einer anderen Welt sein. Sieh das doch einmal so.

Tod der Freundin

Kinder bis zum siebten Lebensjahr haben keine Vorstellung davon, was der Tod bedeutet. Aber mit zunehmendem Alter wachen sie auf, werden erwachsener und entdecken, das manches scheinbar einen Anfang und auch ein Ende hat. Und dann und wann überfällt sie dieses Ahnen und Wissen, weil ein Mensch in ihrer Nähe stirbt, den sie sehr sehr liebhatten.

»Es kann doch nicht Gottes Wille sein, daß er so ein kleines Menschenkind schon zu sich nimmt.«

Dies ist ein Satz aus dem Brief einer Familie, die ganz genau weiß, was das Leben von einem fordern kann. Die Mutter sitzt nämlich im Rollstuhl. Aber dann fahren Mutter, Vater, Tochter und ihre Freundin nach Italien.

»Nach zehn unbeschwerten und wundervollen Tagen ist Nicoles Freundin vor den Augen meiner Tochter Opfer sinnloser, verantwortungsloser Raserei im Straßenver-

kehr tödlich verunglückt, drei Tage vor ihrem neunten Geburtstag.«

Sie sind schon mit so viel fertig geworden, und ich frag mich, was ich helfen, was ich tun kann. Ich stelle mir vor, die Mutter und der Vater haben alles für ihr Töchterchen getan, ihm alles gegeben und wollen ihm nun helfen, mit diesem Schicksalsschlag fertig zu werden. Dabei haben sie selbst den Boden unter den Füßen verloren. Ihr Vertrauen ins Leben, ihr Vertrauen in den Gott, der alles lenkt. Was kann man machen?

Vielleicht muß man mit einem neunjährigen Kind so reden wie mit einem Erwachsenen und sagen:

»Ich kann Dir nicht erklären, was da passiert ist in Italien. Ich weiß nicht einmal, ob der Gott das will oder nicht will. Ich weiß es nicht. Laß uns darüber reden. Ich möchte auf Dich hören, meine Tochter. Vielleicht hast Du eine Antwort. Wir sind auf derselben Pilgerreise in dieser Welt. Du weißt auch nicht, woher Du kommst und wohin Du gehst und warum alles passiert. Vielleicht hast Du aber auch selbst eine Antwort? Komm, laß uns reden.«

Vielleicht taucht in solchen Gesprächen das Vertrauen ins Leben wieder auf und wir erfahren, daß wir uns gegenseitig trösten, uns halten können.

Ich denke, mit unseren Kindern müssen wir deutlich reden. Wir könnnen ihnen keinen Grund geben, wenn wir ihn selber nicht haben, und es kann Situationen geben, wo die Eltern den Grund ihres Lebens neu von ihren Kindern geschenkt bekommen.

Selbstmord

Nach einem Suizid bleiben wir sprachlos und ratlos zurück. Was habe ich falsch gemacht? Was hätte ich verändern können?
Da macht man Eltern immer den Vorwurf, daß sie ihre Kinder festhalten, aber wenn dann ein Ehepaar seinen Sohn freigelassen hat und er in der Sektenszene gelandet ist, dann machen die anderen Geschwister den Eltern Vorwürfe, sie hätten sich nicht genug um ihren schon erwachsenen Sohn gekümmert. Der Sohn hat sich das Leben genommen. Was sollen sie tun? Das fragt mich das Ehepaar W.

»Unsere Familie ist auseinandergebrochen, die beiden Töchter Andrea, 30 Jahre, verheiratet, zwei Kinder, und Susanne, 32 Jahre, ledig, geben uns die Schuld am Tod unseres Michael, da wir oft in Urlaub gefahren sind.
Aber wir haben lange genug gearbeitet und wollten unser Leben genießen, so lange es geht, aber das sollte nicht sein.«

Es ist ein ständiger Kampf zwischen dem Wissen, das Richtige getan zu haben und den Schuldgefühlen, die alle Eltern haben, wenn ihr Sohn Selbstmord begeht.

Ich denke, wenn Ihnen Ihre Kinder Vorwürfe machen, gibt es nur einen, der Sie trösten kann. Das ist der eigene Sohn. Und es gibt Wege von Herz zu Herz, ihn zu fragen, ob Sie wirklich Schuld an seinem Tod sind oder ob er sagen kann: Meine Mutter, mein Vater, die waren völlig in Ordnung so.

Und wenn man von Herz zu Herz beraten werden will, von einem Menschen, den man nicht mehr sehen, nur noch fühlen kann, dann kann es ganz hilfreich sein, sich irgendwo hinzusetzen, weit weg von allen anderen Menschen, und sich vielleicht eine Kerze anzuzünden. Sie kann so viel Ruhe bringen, daß das Herz das Herz findet.

Verlassen

Wieviel ist über die Liebe geschrieben worden? Und wieviel über die Kunst, sie zu erlernen. Die klügste und tiefste Erkenntnis aber ist, daß man in dem Augenblick der Liebe loslassen muß. Die Liebe will frei sein.

Es gibt immer wieder Briefe von Frauen, die von ihren Freunden und ihren Männern im Stich gelassen worden sind, mit oder ohne Kinder, und nun fragen: Wie finde ich meinen Mann wieder? Wie finde ich den Vater meiner Kinder wieder? Nicht immer ist es so dramatisch wie im Brief von Susanne:

»Ich bin 24 Jahre alt und habe eine Tochter von 14 Monaten, 14 Tage vor der Geburt unserer Tochter Jacquelin ließ mich mein Freund im Stich. Unter der Trennung von ihm leide ich heute noch. Er wohnt jetzt mit seiner neuen Freundin zusammen, die einen Sohn von eineinhalb Jahren hat. Er hat sich eine neue Familie gesucht. Für den Jungen tut er alles, aber seine Tochter ist ihm ganz egal. Mein Leben ist für mich bedeutungslos, nur meine Toch-

ter erhält mich noch aufrecht. Ich kann nicht mehr kämp-
fen und bin am Ende. Ich möchte einfach nur, daß wir
als Familie zueinander finden. Denn ich weiß, wie es ist,
ohne Vater aufzuwachsen und mit einem Stiefvater aus-
zukommen. Es ist grauenvoll. Warum läßt er uns allei-
ne? Ich liebe ihn, und wir brauchen ihn. Was kann ich
noch tun?«

Ich halte Susannes Brief in den Händen und spüre
ihren Schmerz.

Wenn man vor zwei- bis dreitausend Jahren mit
dieser Frage zu einem Arzt in Griechenland gegangen wäre, hätte er gesagt: »Susanne, zeig mir
Deine Wunden. Wo ist Dein größter Schmerz? Wo
tut es am meisten weh?« Kann es vielleicht sein,
daß 14 Tage vor Ihrer Niederkunft im Stich gelassen zu werden den größten Stich hinterlassen
hat? Nichts wert zu sein, dieses Kind vielleicht mit
einem solchen Makel und Verletzungen auf die
Welt zu bringen?

Was ist das? Ist das Liebe zu diesem Mann? Oder
ist es der Schmerz, Susanne, der sich mit diesem
Mann noch verbindet? Die Wunde, die er euch beiden zugefügt hat?

Ich habe oft das Gefühl, daß wir lernen müssen zu
unterscheiden: Was ist Liebe, und was ist Verletzung, denn beides bindet. Wenn es der Stich ist –
im Stich gelassen zu werden –, die Verletzung,
dann kann es vielleicht sein, daß es dieser Wunde
so geht wie allen Wunden, die man am Körper

trägt: Sie ziehen alle Aufmerksamkeit auf sich. Und man muß erst den Schmerz dieser Wunde überwinden, um den ganzen anderen Körper wieder wahrzunehmen. Man muß jetzt einen Menschen finden, der sagt: »Ich lege meine Hand auf Deine Wunde. Ich will sie lindern.«

Wer könnte das in Ihrer Umgebung sein, wer könnte Ihnen helfen? Wenn Sie sich niemandem aus Ihrer Bekanntschaft und Verwandtschaft anvertrauen können, dann rate ich Ihnen zu professioneller Hilfe. Suchen Sie eine Therapeutin, einen Therapeuten auf, dem Sie erzählen, wie Sie verletzt worden sind, Sie und Ihre Tochter. Und ich kann mir vorstellen, daß sich die Wunde langsam schließt und Sie auf einmal merken, was für wunderbare Menschen Sie sind, Sie und Ihre Tochter.

Selbstmordgedanken

Die Zeit zwischen Kindsein und Erwachsenwerden stellt uns auf eine harte Probe. Kann ich schon loslassen, wohin führt mein Weg? Wo finde ich noch Geborgenheit?

Die tiefe Unsicherheit, wer man selbst ist und ob sich jemand für einen interessiert, mag oder liebhat, kann ein junges Mädchen so sehr quälen, daß sie nicht mehr weiß, ob sie weiterleben soll. Die Unterstützung fehlt, die gleichzeitig Freiheit läßt und doch unsichtbar im Hintergrund noch liebevoll wacht.

Manchmal soll ich dann diese Unterstützung sein. Da gibt es ein Mädchen, Simone, die steckt in einem tiefen, tiefen Loch. Sie schreibt:

»Lieber Jürgen,
ich bin 14 Jahre alt. Es schockiert Dich vielleicht, aber ich wollte und will mich umbringen. Vor zwei Monaten bin ich vor den Augen meiner Schulfreunde vor ein Auto gerannt. Der Fahrer hat gebremst. Ich glaube, das, daß ich nicht mehr leben möchte, fing schon vor zwei Jahren an.

Keiner hat mich verstanden. Freunde, denen ich alles erzählt habe, haben mal kurz schockiert geschaut und dann weiter Witze gerissen. Vielleicht ist das Blödsinn, aber ich bilde mir ein, daß Du mir helfen kannst.«

Sie duzt mich, das finde ich nett und vertrauensvoll.

Ich habe mit Simone telefoniert. Simone kennt mich. Simone schreibt mir immer wieder Briefe, und das ist gut so. Irgendeinem muß sie ja schreiben. Und erst einmal finde ich es auch völlig normal, daß ein Mädchen mit 14 so viele Schwierigkeiten hat, vielleicht mit Mutter oder Vater, daß sie sagt: Ich muß jemanden finden, ich halte es nicht aus.

Aber ich kann mir auch vorstellen, wenn man niemanden hat, dem man seine Gedanken erzählen kann, wie mir in diesem Falle, daß man hingeht und sagt: »Ich hab das Gefühl, niemand kann mich leiden. Ich hab das Gefühl, niemand versteht mich. Ich ziehe mich mal zurück. Ich suche mir ein kleines Schneckenhaus, wo ich müde sein kann, ausatmen, einatmen und keinen Ansprüchen entsprechen. Ich kann mir vorstellen, daß das sehr hilfreich sein kann, sich auch mal von allen anderen zurückzuziehen.«

Aber wenn man sich zu sehr zurückzieht, Tabletten sammelt, wie sie geschrieben hat, und vor ein Auto springt, dann ist das nicht das Schneckenhaus. Schneckenhäuser sind dazu da, daß man eines Tages wieder herauskommt. Die Witterung muß dazu stimmen. Dann ruft das neue Leben.

Simone hat mir viel geschrieben. Sie hat inzwischen – mindestens vorübergehend – ihren Weg gefunden. Und wenn ich ihr helfen kann, dann tue ich es gerne, in der Sicherheit, daß sie jemanden finden wird, der ganz für sie da ist und sie liebhat.

Aber jetzt habe ich noch einen Brief in der Hand, den ich am besten von hinten lese, ganz vom Schluß. Er hat nämlich keine Unterschrift.

»Haben Sie bitte Verständnis dafür, daß ich den Brief nicht unterzeichnen kann.«

Haben Sie bitte Verständnis dafür ... Also, wenn Sie so wollen, einer, den es gar nicht gibt oder einer, der wenig Mut hat zu sich selbst, oder einer, der nicht zu sich selber stehen kann. Und wenn Sie dann von hinten nach vorne lesen, dann wissen Sie auch, warum einer nichts wert zu sein scheint. Da schreibt mir offenbar ein Mann:

»Können Sie sich vorstellen wie es ist, noch nie im Arm gehalten worden zu sein und die Worte ›Ich liebe Dich‹ zu hören? Können Sie sich vorstellen wie es ist, noch nie eine zärtliche körperliche Berührung erfahren zu haben?«

Also ein Leben ganz ohne Zärtlichkeit, Sexualität, Erotik und Wärme gelebt zu haben, können Sie sich das vorstellen? Ihm scheint das so gegangen zu sein, und deshalb steht hier keine Unterschrift. Und wenn ich dann noch weiter nach vorne lese und ganz oben am Brief ankomme, dann steht da unter Betrifft: Selbstmord.

»Ich werde mir in der nächsten Zeit das Leben nehmen. Vielleicht sind Sie jetzt schockiert und verurteilen mich, doch Sie glauben gar nicht, welch ein Friede und wohlige Wärme sich in mir breitmacht, wenn ich daran denke, daß ich bald die Schmerzen der Einsamkeit nicht mehr erdulden muß.«

Nun ist es einige Zeit her, einige Wochen, daß mich der Brief erreicht hat, und ich weiß nicht einmal, ob es diesen Menschen überhaupt noch gibt oder ob der Brief die letzte Spur dieses Menschen ist. Und wenn ich diese Spur interpretieren soll, heißt das: »Achte darauf, daß die Menschen, die jetzt noch leben, daß sie diese Wärme und Zärtlichkeit geschenkt bekommen.«

Nun kann man ja auch manches tun, damit man Zärtlichkeit geschenkt bekommt, und ich denke, daß der nächste Brief, den ich Ihnen vorlesen möchte, diese Spur zeigt. Rudi schreibt mir nämlich:

*»Ich bin 36 Jahre alt, alleinstehend und Sozialhilfeemp-
fänger. Seit 20 Jahren habe ich keine Zärtlichkeit und
Liebe mehr empfangen.*

*Das kann keiner mehr gutmachen, was man mir unter
der ›Wende‹ angetan hat.*

*Ich hatte mal zwei Schwestern und einen Bruder, die ken-
nen mich nun nicht mehr. Unsere Eltern sind tot. Ich
habe seit der ›Wende‹ keinen Menschen mehr.«*

Ich sehe, daß hier also offenbar diese Zurückwei-
sung, diese Diskriminierung hinzukommt, die ja
ein Drittel unseres Volkes erleben mußte.

Rudi sagt mir, es gibt keinen, der mit mir schläft,
keinen, der mich streichelt, keinen, der mich mag,
keinen, der mich achtet. Was soll ich tun?

Wenn ich bei Ihnen wäre, Rudi, dann würde ich
mit Ihnen in Ihren Flur gehen oder in Ihr Bade-
zimmer. Ich würde sagen: »Rudi, guck mal in den
Spiegel. Wen siehst Du da? Magst Du den leiden,
den Du siehst, magst Du den Rudi? Zeig Deine
Hände in dem Spiegel. Magst Du diese Hände,
magst Du diese Hände streicheln, magst Du dieses
Gesicht? Magst Du Dich? Wie duftest Du, Rudi?
Wie empfindest Du, empfindest Du noch etwas?«

Und ich würde einen ganz bestimmten Menschen
suchen, der den Rudi gut findet – und das ist er
selbst. Ich würde versuchen, rauszukriegen: Welcher Teil mag Rudi, und welcher Teil sehnt sich
nach Rudi. Denn ich habe Erfahrungen genug ge-
sammelt, daß man sich erst selbst liebhaben muß,

um andere Menschen für sich zu begeistern und zu entflammen. Also: Ich bin zwar nicht bei Dir, aber Du hast einen Spiegel und fang an, Dich lieb-zuhaben.

Mollig

Sich selbst schön zu finden, egal, ob man Pickel hat oder eine lange Nase oder ein bißchen dick ist, das gibt Selbstvertrauen. Keiner muß den festgelegten Schönheitsidealen entsprechen, wenn es doch nun mal nicht geht und diese Ideale nur unglücklich machen. Aufhören mit Nacheifern und Nachmachen, wenn Du Du selbst bist, dann bist Du auch schön.

Wieviel Schmerz und wie viele unerledigte Geschichten stecken eigentlich in einem überaus dicken Mädchen? Ich krieg nämlich Post von einer jungen Frau, M. nenne ich sie einmal, sie ist 21 Jahre alt.

»Ich bin von Kindheit an schon etwas mollig, und so konnte ich auf Grund meiner Fülligkeit fast keine Freunde finden. So bin ich sehr häufig verspottet worden.

Mit 15 Jahren habe ich versucht, mir das Leben zu nehmen. Ich habe mir mit einem Küchenmesser die Pulsadern aufgeschnitten.

Nach diesem ersten Mal ging es nicht viel besser als vor-

her. So habe ich ein halbes Jahr später eine Überdosis
Schlaftabletten geschluckt. Als ich dann aus dem Kran-
kenhaus entlassen wurde, bin ich in eine Psychiatrie ein-
gewiesen worden.
In dieser Klinik war ich ein ganzes Jahr, ohne Kontakt
nach außen. Ständig stand ich unter starken Beruhi-
gungsmitteln.«

Diese Odyssee ist aber immer noch nicht vorbei.
Wenn ich ein paar Schritte an ihrer Seite gehen
könnte, würde ich gerne mit ihr einen langen
Spaziergang machen, denn ich denke, in ihr
stecken viele, viele, vielleicht hunderte Geschichten von Verletzungen, von Trauer, die noch gar
nicht rausgekommen sind. Also. Was steckt an Tränen noch in M., an Verletzungen, Geschichten, die
sie noch niemandem erzählt hat, Wie schwer ist es,
mit diesen Pfunden durchs Leben zu gehen? Ich
kann mir vorstellen, daß ein Teil ihrer angeges-
senen Kilos auch aus Kummer besteht. Man nennt
nicht umsonst einen Menschen, der traurig ist,
auch einen Trauerkloß. Also, was ist der Anteil der
Trauer an ihrem Dicksein?
Und der andere Anteil geht nicht auf ihr Konto,
geht auf unser Konto, geht auf das Konto einer
verrückten Gesellschaft, die sagt, nur dünne Frau-
en seien schön. Völliger Schwachsinn. Ganze Erd-
teile sehen das ganz anders. Gehen Sie doch mal in
die Türkei, in den Orient, oder gehen Sie einfach
ins Alte Testament zurück. Da gibt es eine Ge-

schichte von Esther, die ist so richtig pummelig und rettet ihr ganzes Volk. Also: Was schön ist, das hängt auch davon ab, wo man lebt, in welchem Land. Aber auch bei uns gibt es Menschen, die diesen Schwachsinn von Schlankheit nicht mitmachen, die jedes Kilo an sich lieben. Und die werden auch wiedergeliebt.

Es gibt eine Krise, die liegt so zwischen dem 50. und 60. Lebensjahr eines Menschen, in einer Zeit, in der die Kinder aus dem Haus sind oder eigentlich aus dem Haus sein müßten. Was dann, was mache ich dann mit meinem Leben? Soll ich ihm einen neuen Sinn geben? Zu wem gehöre ich überhaupt. Wo ist mein Platz? Aus dieser Krise heraus erreichen mich sehr viele Briefe. So schreibt Doris:

»Ich bin nun 52 Jahre, wurde mit 26 Jahren Witwe, hatte drei Kinder. Die Älteste ist nun 30 Jahre und unterrichtet in Dresden am Gymnasium. Mein Sohn ist 29 Jahre und arbeitet als Dipl.-Informatiker und heiratete eine Türkin. Die Jüngste, 27 Jahre, ist Erzieherin und seit drei Jahren verheiratet.
Wenn ich zurückblicke, habe ich nur für meine Kinder und deren Ausbildung gelebt.«

Und nun sagen die Kinder: »Mutter, ist doch völlig normal, ist doch ganz normal. Warum sollen wir dankbar sein, warum sollst Du zu uns gehören, warum sollen wir zu Dir gehören? Wir leben unser Leben, Du lebst Deins.« Da steht sie dann da, ohne Kinder und Enkelkinder.

Ein Rat von mir, vielleicht auch ein Stückchen Weisheit von mir: Wissen Sie: Alles das, was man den Kindern einmal an Liebe gegeben hat, zahlt sich irgendwann an Zuwendung auch wieder aus. Da stehen Sie gar nicht alleine da. Haben Sie nichts gegeben, sondern nur Unterstützung, nur Geld, nur Kleidung und keine Liebe – ist das mit dem Rückzahlungsmodus schwierig. Und deshalb sage ich: Die Kinder werden kommen und die Liebe zurückzahlen, die Sie ihnen gegeben haben. Es sind schließlich Ihre Kinder.

In einer ähnlichen Situation schreiben mir ganz viele, meistens alte Menschen: »Was soll ich machen ohne Arbeit, was soll ich machen ohne meine Familie?« Das steht auch in diesem Brief von Katharina:

»Meine Söhne sind vollkommen im Strudel der besinnungslosen Welt. Lügen und betrügen. Ach, ich möchte nicht mehr leben. Zweimal habe ich versucht, mein Leben zu beenden, aber es gelingt mir nicht. So viel möchte ich erzählen, aber es geht heute nicht – meine Augen tränen, und meine Seele ist voller Glut und doch starr und kalt.«

Spüren Sie, welche sprachliche Kraft da noch ist, wie tief man sich empfinden kann? Oft habe ich das Gefühl: Menschen, die eben nicht mehr die Bestätigung ihres Selbstwertgefühls durch Arbeit bekommen oder dadurch, daß sie für die Kinder sorgen müssen, haben einen enormen Schatz in sich. Es ist der Schatz, der eigentlich der Schatz einer ganzen Gesellschaft ist. Vielleicht haben sie etwas entdeckt, was einen Menschen wirklich ausmacht, nämlich, daß er nicht nur arbeiten kann, sondern in sich selbst einen Wert hat, daß er fähig ist, mit seiner Seele etwas zu erleben und zu helfen. Das kommt auch hier zum Tragen. Und dann immer wieder das Gefühl:

»Ich bin abgelegt wie ein altes Kleidungsstück. Ausgedrückt wie eine Zitrone ... Warum lebe ich nur noch, ich bin doch so unwichtig. Keine Freuden und keine Sorgen meiner Kinder bekomme ich mit. Für die bin ich einfach nicht mehr da.«

Nun gut. Wenn Sie für die Kinder nicht mehr da sind, seien Sie für andere alte Menschen da, denn die wissen ganz genau, was zählt. Eben nicht nur Arbeit, sondern lieben, sich lieben lassen, und es gibt Brieffreundschaften, die können Sie selbst herstellen. Jeder Pfarrer, jedes Gemeindeamt hilft Ihnen gerne dabei.

Und noch einer der vielen Briefe, die sich naht-
los einfügen: Er kommt von Liselotte und Pius.
Sie leben noch zusammen, sind gemeinsam alt geworden.

*»Habe einen sehr, sehr lieben Mann, der viel krank war,
zum großen Teil durch Kriegseinwirkung. Durfte fünf
Kindern das Leben schenken und sie mit Liebe und Für-
sorge, indem ich nur für sie Zeit hatte, ins Leben als tüch-
tige Menschen entlassen, indem sie alle Familien gründe-
ten und von zu Hause profitierten. Was ich heute ver-
misse, daß selten von ihnen Besuch kommt, selten hat
einer Zeit. Es ist sehr schwer, daß es so ist!«*

Es ist sicher nicht gut, Kinder unter Druck zu setzen. Sie müssen ihr eigenes Leben kennenlernen,
es gestalten. Aber manchmal ist es zu spät. Manchmal wäre es gut, noch zu Lebzeiten die Gedanken
der Eltern zu kennen und ihnen vielleicht ein kleines »Dankeschön« zu sagen.

Ein Brief zum Thema Einsamkeit schreibt mir
Hannelore. Sie ist 62 Jahre alt und hat vor drei Jahren ihren Mann verloren. Ihr Brief hat mich sehr
berührt, hat sie doch eine Möglichkeit für sich
gefunden, mit dem Alleinsein im Alter fertig zu
werden.

*»Wenn ich gar nicht zum Schlaf komme, stehe ich auf
und fange an, Kuchen zu backen. Den verschenke ich*

oder friere ihn für die Enkel ein. Manch einer wird viel-
leicht darüber lachen. Ich aber kann mir damit meine
Tränen vertreiben.«

Dann sind die Tränen verwandelt worden in einen
Kuchen. Daß man überhaupt Tränen verwandeln
kann und Trauer verwandeln kann in Aktivität, das
ist eine uralte, schon eine biblische Weisheit. Da
steht zwar nicht, daß man Tränen in Kuchen verwandeln kann, aber da steht, daß man Klagen verwandeln kann in Tanz und Tränen in einen Rei-
gen.
Nun denke ich: Die Kuchenform ist auch rund,
man kann auch Tränen verwandeln in einen Kuchen, der Gutes tut. Und da steht in der Bibel
noch etwas Schönes, nämlich, daß man mit Tränen
säen kann, neues Leben säen kann. Das ist es doch,
wenn Sie Kuchen backen und ihn verschenken.
Hannelore schreibt weiter:

»Vor allen Dingen kann ich dankbar sein, daß ich wieder
von Herzen lachen, singen und mich freuen kann. Ich
bin allein, aber nicht einsam.«

Eine schöne Geschichte. Ich danke Ihnen dafür.

Waschzwang

Wenn ein kleines Kind jede Nacht schreit und immer wieder schreit und auch tagsüber immer wieder schreit, welcher vernünftige Erwachsene fragt nicht: Was hat das Kind? Es muß doch was haben!

Ich weiß, daß es solch ein Kind auch in uns gibt, in jedem Menschen steckt ein kleines Kind, das irgendeine Botschaft hat. Was steckt denn sonst dahinter, wenn ein Mensch immer wieder dasselbe macht, Zwangsneurosen wie Waschzwang hat, da muß doch eine Nachricht, eine Botschaft von innen nach außen kommen. Welche kann das sein?

Der Brief von Waltraud erzählt davon, daß sie selber dem auf die Spur gekommen ist.

»*Seit 35 Jahren leide ich unter ›Waschzwang‹. Unsägl_iches Leid, bis hin zu akuter Selbstmordgefahr, verbirgt sich dahinter. Ich habe viele Therapien hinter mir, mehr oder weniger erfolglos. Besserung habe ich erfahren durch konsequente ›Liebe‹ zu Gott und auch durch die Erleich-*

© ABACUS-Presseteam, Hamburg

terung der Umstände. (Beide Eltern sind tot und alles, was ich mit ihnen zu tun hatte, ist weggegeben.) Meine Gedanken sind aber immer noch krank und machen mir das Leben sehr schwer! Alte Dinge (Dokumente etc., Menschen, die mit meinen Eltern in Kontakt standen ...) versetzen mich immer wieder in Panik.«

Zuerst waren da also nur die Hände, die waschen und waschen und waschen, und auf einmal die Entdeckung: Mensch, hinter meinen Händen stecken Gedanken, die unrein sind, die gewaschen werden wollen, und es baut sich das Erkennen in Waltraud auf: Kann es vielleicht sein, daß ich mich selbst als nicht sehr viel wert empfinde, schmutzig und unrein vor dem Leben selbst, vor Gott? Ich muß mit ihm darüber reden, daß ich selbst meine, ich sei ein nicht hinreichender Mensch.

Ein bißchen Hilfe ist das schon, auf seine Hände zu schauen. Es sind die Gedanken, es ist die Seele, es ist ein Stück Leben, das rein werden will. Und dann kommt auch noch die Entdeckung dazu: Es muß auch etwas mit meinen Eltern zu tun haben. Dieses sich langsam von den Eltern lösen, rein werden und sich einen neuen Vater und eine neue Mutter im Himmel suchen, die die alten Eltern ablösen können.

Hinter jeder Form von Zwängen, die von tief innen nach außen kommen wollen und nicht nachlassen, steckt eine Nachricht, die so lange schreit, bis ich sie verstanden habe. Schön ist es, daß uns das einer der zwangsneurotischen Menschen, nachdem er seine Krankheit überwunden hat, auch bestätigend so schreibt.

Haß wird zu Liebe

Wahrscheinlich muß jeder Mensch auf seiner Reise durch die Kindheit ins Erwachsenenland etwas nachholen, was die ganze Menschheit im Laufe von Jahrhunderttausenden hat lernen müssen. Zum Beispiel die Reise von Haß und Wut Richtung Vergebung.

Es wird einem Kind ja nicht in die Wiege gelegt, daß es schon von Anfang an vergibt, sondern zuerst will es alles und will seiner Wut freien Lauf lassen, und dann kommt das Leben und formt es.

Da bekomme ich einen anonymen Brief, in dem lese ich:

»Ja, ich wollte Rache, ich wollte Schmerz zufügen, sogar töten wollte ich, alles in mir schrie nach Rache.«

Rache! Wir haben alle diese Reise vor uns. Oder zum Teil haben wir sie auch hinter uns: In unseren Kindertagen, als, wenn man uns das Spielzeug nahm, wir mit Wut über unsere Geschwister hergefallen sind, über unsere Freunde, Freundinnen und Bekannte.

»Als ich wieder mal meine Kinder in der Schule abgegeben hatte, machte ich einen Spaziergang über die Felder und stand plötzlich vor einer kleinen Feldkapelle. Dort saß Maria mit dem toten Jesu im Arm. Ganz erschrocken starrte ich auf dieses Bild. Plötzlich rüttelte ich an dem Schutzgitter und schrie dieses Steinbild an: ›Maria, wie hältst du das aus? Ich bitte dich, gib mir Antwort.‹«

Und dann sind wir zärtlicher, ruhiger, bedächtiger geworden. So ging es der anonymen Schreiberin. Sie merkte, daß die Rachegefühle, die davon kamen, daß ihren Kindern etwas angetan worden ist, daß eines ihrer Kinder vom Vater entführt wurde und er drohte, auch die anderen zu holen, ihr nicht weiterhelfen.

»Maria hatte ihren Sohn verloren. Ich glaube nicht, daß sie Rachegedanken hatte. Mein Sohn lebte.
Inzwischen sind 33 Jahre vergangen. Ich habe keine Rachegedanken mehr. Es gibt Schöneres, nämlich Vergeben.«

Tja, ich weiß nicht, wie weit Sie auf dieser Lebensreise gekommen sind, ob Sie noch im Stadium der vorchristlichen Rechtsordnung sind: Auge um Auge, Zahn um Zahn.
Da hat es viele tausend Jahre Menschheitsgeschichte gebraucht, bis einer kam und sagte: Wenn Dir

einer eine auf die rechte Wange gibt, dann halte mal die linke hin.

Der Schmerz, das auszuhalten und nicht die Spirale von Rache zu Rache fortzusetzen, fordert eine enorme Kraft und auch einen enormen Schmerz, den man aushalten muß. Und am Ende steht Vergebung, denn nur so werden Kriege beendet. Überall und in jeder Familie.

Wie sieht eigentlich die Geschichte von Hänsel und Gretel aus, wenn man sie mal mit den Augen und mit dem Herzen der Stiefmutter betrachtet. Ist sie dann wirklich so grausam? Oder hat sie vielleicht gar keine andere Möglichkeit gehabt? Wie ist es bei Aschenputtel und deren Stiefmutter? Ist die wirklich so böse, oder ist sie das nur aus der Sicht der Kinder?

Davon erzählt ein Brief, der die Angst und die Unsicherheit einer Stiefmutter widerspiegelt:

»Mit meinem Stiefkind habe ich ganz große Schwierigkeiten. Die Mutter verließ es, als es ein halbes Jahr alt war. Es wurde tagsüber von der Oma betreut, die es furchtbar verwöhnte und verhätschelte. Außerdem waren ja auch noch die Tanten und Onkel da, die auch ihr übriges taten.«

Na ja, kann ich verstehen, die Mutter ist weg, jetzt versuchen alle mit ein bißchen »Zuviel« diese Lücke zu schließen. Und sie, die neue Mutter, die Stiefmutter, ist obendrein auch noch Lehrerin, und ich kann mir vorstellen, daß sie gesagt hat: Ich pack' das. Ich liebe meinen Mann, ich liebe dieses Kind und werde das schon wieder hinkriegen, es aus all diesen Verwöhnungsstrategien herausführen. Dann schreibt sie:

»Es ist ein extrem egozentrisches Kind, das immer nur auf seinen Vorteil bedacht ist. Es kann keine Rücksicht nehmen und hat auch keinen richtigen Freund. Mit dem Sozialverhalten hapert es. Fehler von anderen Leuten hängt es an die große Glocke, aber eigene Fehler kann es nicht zugeben. Es weiß immer alles besser. Es muß sich immer in den Vordergrund spielen und ist dabei aber völlig unselbständig und verhält sich geradezu babyhaft.«

Ich stelle mir gerade vor: Ein Kind, das von seiner Mutter verlassen wird, muß sich doch in den Vordergrund spielen, damit es überhaupt merkt, daß es da ist. Und daß es da ein bißchen übertreibt, ist doch klar, und daß es sich da babyhaft verhält im Sinne von: »Mama, Mama, ich brauch' Hilfe«, ist doch auch klar. Oder?

Aber wie wird man damit fertig? Ich denke, daß man als Stiefmutter oft die ganzen Schläge abbekommt, die ein Kind der Mutter oder dem Vater gibt, weil die abgehauen oder auch gestorben sind. Die muß man als Stiefvater oder Stiefmutter nun erdulden. Das Kind meint immer nur den Esel und schlägt den Sack. Und der sind Sie in diesem Fall und Ihre Nerven.

»Mit Vorliebe trampelt es auf meinen Nerven herum. Oft kommt es schon ohne Guten-Morgen-Gruß in die Küche, kommt dann sein Vater, grüßt es freundlichst. Das tut mir so weh, und es ist schrecklich ermüdend und zermürbend.
Mein Stiefkind hat gesagt, ihm mache das Leben keinen Spaß mehr und ich sei daran schuld. Das traf mich wie ein Keulenschlag – noch nie hat mich jemand so verletzt. «

Vielleicht behalten Sie nur das von dem, was ich Ihnen antworte: Ihr Stiefkind, Ihr Kind, meint nicht Sie. Es meint, daß es ein paar Menschen im Leben gab, die es vernachlässigt haben, und Sie können das nicht aufholen. Setzen Sie sich nicht unter Druck.
Ich habe ganz viel gelernt aus einer Broschüre, die heißt »Stieffamilien« und wird herausgegeben von der »Bundesarbeitsgemeinschaft Selbsthilfegruppe-Stieffamilien«.
Vielleicht muß man sich zusammentun, wenn man Stiefmutter und Stiefvater ist und ein paar Erfahrungen austauschen, um nicht alles immer auf sich zu beziehen und sich nicht alles so zu Herzen zu nehmen.

Habe ich Ihnen schon einmal erzählt, daß ich als zuständiger Pfarrer eine ganze Beerdigung vergessen habe? Ich sollte eine Beerdigung halten und hab' sie einfach vergessen.

Da steht die ganze Trauerversammlung und will Abschied nehmen vom Vater, und der Pfarrer ist nicht da. Unter vielen, vielen Beerdigungen habe ich diese eine vergessen – es ist mir passiert, und ich weiß, welche Wunden man damit aufreißt. Um so besser kann ich den Brief verstehen, wo eine Frau sagt, etwas ähnliches sei ihr in der Tat passiert. Frau L. schreibt mir, daß ihr Sohn gestorben ist. Es ist sehr schwer für sie.

»*Was mich auch sehr belastet, ist die traurige Aussegnungsfeier. Unser Pastor war im Urlaub, seine Vertretung war ortsfremd, es hat keine Glocke geläutet, keine Orgel gespielt, es war einfach trostlos.*«

Ich denke, daß in solchen Augenblicken einfach alles klappen muß. Denn alles, was da nicht klappt, wird sofort interpretiert: »Könnte es zusammenhängen mit dem Verstorbenen? Habe ich etwas falsch gemacht? Warum passiert gerade mir das?« Denn nirgendwo ist ein Mensch in seinem Leben so offen und auch so verletzlich wie zu diesem Zeitpunkt, wo er einen Menschen, seine Wurzel, seine Früchte oder wen auch immer verliert.

Deswegen eine Bitte an alle meine Kolleginnen und Kollegen: Das ist der Ort, wo Sie wirklich perfekt funktionieren müssen. Aber Sie sehen an meinem eigenen Beispiel, man ist auch nur ein Mensch und dann doch nicht perfekt.

»Mein Sohn hat bis zu seinem Tod wie jeder andere Bürger seine Kirchensteuer bezahlt. Somit kann man auch eine würdige Trauerfeier erwarten. Würden Sie als Pfarrer so handeln?«

Nein, ich würde versuchen, so gut zu handeln wie selten. Ich sag' mal ein ganz banales Beispiel. Ich putz' mir nie die Schuhe. Außer, wenn ich zur Beerdigung gehe, denn dann weiß ich, es muß alles perfekt sein. Aber Sie sehen, es kann passieren, es kann passieren. Wir, liebe Kolleginnen und Kollegen, müssen darauf achten: Trauerfeiern müssen hundertprozentig sein.

Diabetes

Da ist ein Brief von Oma Hilde. Oma Hilde hat nämlich ein Enkelkind, und dieses Enkelkind hat Diabetes – so wie Kinder Diabetes haben können und sich schon spritzen müssen. Das sieht Oma Hilde natürlich mit bewegtem Herzen und sucht, so alt sie auch ist, Hilfe für ihr Enkelkind, und sie schreibt mir:

»Es geht um meine Enkelin Sabrina. Sie hat seit ihrem sechsten Lebensjahr Diabetes. Davor war sie gesund. Frau Doktor N. sagte, daß viele Krankheiten durch einen Virus entstehen. Vielleicht auch Diabetes?«

Und vielleicht, denkt Oma Hilde, weiß der Fliege mehr als meine Ärztin. Aber ich kann nur sagen, daß alle Ärzte im Augenblick noch im Nebel stochern, woran es liegen kann, daß einige Kinder diese Zuckerkrankheit haben, diese Diabetes. Einige sagen, es sei ein Virus. Andere sagen, es habe seelische Ursachen. Dritte sagen, es muß was mit dem Gen, mit der Familie, dem Erbe zu tun haben.

Wir müssen mal bei den Geschwistern gucken, wir wissen es einfach nicht, wir wissen nur, daß jedes Kind, das Diabetes hat, so alt werden kann, wie jeder andere Mensch auch, 60-70-80-90, ja 100 Jahre, wenn es nur auf die Ernährung und eben diese Spritzen achtet.

Das ist nicht ganz einfach: regelmäßige Mahlzeiten, Diät einhalten und nicht zu vergessen das Spritzen. Damit es etwas leichter geht, gibt es sogar Schulen oder Internate, wo die Kinder lernen und verstehen, daß das notwendig ist.

Ich hab mal eine Sendung gemacht, da habe ich zwei Sachen gelernt. Erstens: Die Kinder nehmen das gar nicht so ernst und so bitter und erschrocken wie ihre Mütter und Väter und ihre Großmütter und Großväter. Die gehen damit selbstverständlich um. Sie haben eben eine Spritze bei sich wie andere Leute etwa ein Taschenmesser, und wenn es Essenszeit ist, wird vorher gespritzt. Und nur die Väter und Mütter gucken oft mit bangem Herzen zu.

Und das zweite, das ich gerlernt habe in der Sendung über Diabetes, war ein entscheidender Satz, vielleicht auch für mein Leben: Da hat einer gesagt: Ich habe in dieser Krankheit gelernt, daß ich mit Diabetes leben darf und nicht: mit Diabetes leben muß. Also, auf deutsch, ich habe ein neues Geschenk bekommen. Jeder Tag meines Lebens, den ich leben darf, ist ein Geschenk. Vorher habe ich das nicht gewußt, als ich gesund war. Jetzt, in der Krankheit, lerne ich und die ganze Familie, daß mein ganzes Leben ein Geschenk ist.

Komisch, daß einer erst krank werden muß, um diese uralte Weisheit wirklich hautnah, im wahrsten Sinne »hautnah« zu erfahren. Also: Auch Ihr Kind, auch Ihre Enkelin, Hilde, Ihre ganze Familie darf leben. Das ist eine schöne Entdeckung, finde ich.

Undank

Das sagt man so: »Undank ist der Welt Lohn.« Und wenn ich diesem Satz hinterherspüre, dann klingt ein bißchen Verbitterung mit, ein bißchen Enttäuschung. Und diese nehme ich auch wahr beim Lesen des Briefes von Maria. Sie schreibt, daß es ihr eigentlich ganz gutgeht. Sie hat nur ein kleines Problem.

»Ich bin 60 Jahre alt, zum zweiten Mal verheiratet. Bei uns ist alles in Ordnung. Beide haben wir eine gute Rente und verstehen uns prima. Mein Problem ist folgendes: Ich kann keine Freunde halten.«

Danach sehnt sie sich wohl sehr. Und daß sie gerne welche hätte, kann man eigentlich an den Erfahrungen ihrer letzten Jahre sehen. Da hat sie 12 000 Mark investiert, um da und dort Menschen, die in Not und Abhängigkeiten waren, zu helfen. Und hat im Inneren immer gewartet: Wann kommt denn das Dankeschön endlich zurück? Aber da war nichts. Da war kein Dankeschön.

Im letzten Jahr hat sie einem jungen Pärchen, das Schwierigkeiten mit der Wohnungseinrichtung hatte, 5000 Mark geschenkt. Geschenkt und gedacht: Na ja, vielleicht bekomme ich so Freunde. Aber da war nichts.

Ich kann Ihnen auch sagen warum, Maria. Wenn man soviel Geld gibt, dann schafft man auch Abhängigkeiten, dann ist das eigentlich keine Freundschaft von gleich zu gleich, sondern immer von einem, der gibt, zu einem, der Not hat. Und das hat ein Mensch nicht gerne. Freundschaft muß immer von gleicher Ebene zu gleicher Ebene laufen.

Freundschaft entsteht auf dieser Erde nicht mit großen Geschenken, sie entsteht durch kleine Geschenke. »Kleine Geschenke erhalten die Freundschaft«, und kleine Geschenke machen auch Freundschaft. Es gibt dem Beschenkten ein ungutes Gefühl zu sagen: »Von der habe ich 5000 Mark bekommen. Das kann ich nie wiedergutmachen.« Das ist der Tod jeder Freundschaft. Also, versuchen Sie es mal im Kleinen.

Prüfungsangst

Unter den tausend Ängsten, die es gibt, sind einige, die können ein ganzes Leben ruinieren. Dazu gehört die Prüfungsangst. Schlimm ist es, wenn es wirkliche Prüfungen sind, in einer Schule oder einer Berufsschule. Ich bekomme Post von einem Vater, dessen Sohn ständig in Prüfungen scheitert.

»Immer vor den Prüfungen steigert er sich so ins Zeug hinein, das heißt, er ißt nicht mehr, schlafen dasselbe. Es ist einfach, wie wenn ein Vorhang heruntergehen würde.«

Und er sagt, es liegt nicht am Alkohol, es liegt nicht an irgendeinem unsoliden Lebenswandel, da ist er ganz toll, es sind die Prüfungen.

»So möchte ich Sie fragen. Haben Sie vor einiger Zeit nicht Parapsychologen in der Sendung gehabt? Einer dieser Männer sagte unter anderem, er habe schon auf sehr große Distanz geholfen.«

© Andrea Schick

Ich kann Ihnen gerne die Adresse des Parapsychologen geben. Aber mir fällt da was auf: Immer wenn wir ein Leiden haben, an dem man wahrscheinlich arbeiten muß, suchen wir unendlich gerne irgendeinen Heiler, der weit entfernt etwas für uns tut, ohne daß wir uns überhaupt bewegen müssen.

Daran glaube ich nicht. Eigentlich muß man gucken, ob man nicht ganz in der Nähe, vielleicht neben sich, einen Heiler hat. Vielleicht sind Sie das, der Vater. Es kommt doch darauf an, sich die Hürden, über die unsere Kinder gehen müssen, genau zu betrachten.

Sind die Hürden zu hoch, kann man zwei Dinge tun: einmal die Hürden ein wenig niedriger machen, in diesem Fall würde das heißen: Sie reden nicht nur mit mir, dem weit entfernten Fernsehpfarrer, sondern sie reden mit den Lehrern und sagen: »Das und das ist die Situation meines Kindes, könnt Ihr darauf achten?« Oder aber Sie achten darauf, daß Sie Ihren Sohn stärken, so daß er über ganz große Hürden kommt.

Was bedeutet das? Na, er muß einfach lernen, mit Prüfungen zu leben. Also, wenn er etwas mündlich zur Prüfung auswendig lernen muß, dann erzählt er irgendeinem Spiegel, irgendeiner Puppe oder irgendwem das, was er wirklich vortragen muß. Und beim Schriftlichen, da gibt es auch Sparringspartner. Sie nehmen einen Wecker und lassen ihn laufen und sagen: »Das ist die Zeit, in der Du

Deine Aufgabe bewältigen mußt (so wie Klavier-spieler ja auch so ein Metronom haben).« Das lenkt soviel Aufmerksamkeit auf sich, daß Ihr Sohn lernt, mit dem Rest der Aufmerksamkeit seine Aufgaben gut zu erledigen. Versuchen Sie es mal!

Depressionen

Es gibt seelische Krankheiten, da halte ich vergeblich Ausschau nach irgendeiner Möglichkeit, jemandem zu helfen und zu sagen, was richtig und was falsch ist. Zum Beispiel bei einem Menschen, der manisch-depressiv ist. Kennen Sie das? »Himmelhoch jauchzend, zu Tode betrübt«, und das alles in einer Seele, in einer Person, und wie geht eine ganze Familie damit um?
Darunter leidet Petra. Sie ist Mutter, hat Kinder, aber die ganze Familie fühlt sich ihren Hochs und Tiefs ausgeliefert. Sie schreibt mir:

»Seit vier Jahren bin ich manisch-depressiv. Unter depressiv kann sich jeder was vorstellen, aber ›Manie‹ oder manisch, das verstehen nur mein Neurologe, meine Hausärztin und meine Angehörigen. Zur Zeit bin ich wieder manisch.«

Vielleicht kennen auch Sie jemanden, der depressiv ist. Einen Menschen, der oft tage-, wochen-, monatelang überhaupt keine Möglichkeit sieht, zu

Ihnen Kontakt aufzunehmen. Und was ist manisch? Das beschreibt Petra so toll, wie ich es in keinem Lehrbuch gelesen habe:

»Ich fühlte mich wohl in meinem Auftreten und Handeln. Mein Steckenpferd waren Männer, Autos, Kaufrausch, kilometerweit laufen, Katzen, Hunde, tanzen, tanzen, tanzen ... «

In einer solchen Phase war sie für ihre Familie unerträglich. Das ist ja auch ein Risiko. Mit dem Geld umgehen kann man dann nicht, nicht mit der Zeit, mit der Kraft, nichts funktioniert. Aber wenn sie dann wieder untertauchte in ihre Depression, in ihre Stille, in ihre Traurigkeit, dann war sie für ihre Familie handhabbar. Da saß einfach die Petra und war still. Damit kann man umgehen und da sagt man, sie ist brav.

Sie hat eine Karriere hinter sich durch viele Kliniken mit vielen Medikamenten und jetzt fragt sie, was sie tun kann. Ich weiß nicht, ob Medikamente helfen, weiß auch nicht, ob Sie, Petra, die überhaupt vertragen. Aber wenn Sie keine Medikamente nehmen wollen oder können, dann sollten Sie mit den Leuten, die um Sie herum sind, ein paar Verabredungen treffen. Sie sollten in Zeiten, in denen sie nicht manisch oder depressiv sind, sondern irgendwo in der Mitte, zur Bank gehen und sagen: »Könnt Ihr nicht darauf achten, daß ich nicht an irgendeinem Tag die verrücktesten Überweisungen mache?« Und drei, vier, fünf solcher Anlaufstellen, die im täglichen Leben wichtig sind, sollten Sie besuchen und sagen: »Achtet darauf, daß ich so einigermaßen ins Gleichgewicht komme.«

Sie brauchen eigentlich so etwas ähnliches wie einen Fahrschullehrer für das Leben. Können das nicht einige aus Ihrer Verwandtschaft sein?

Niemand kann verlangen, daß sich eine Mutter so aufopfert, wie es Valide getan hat. Sie hat meine Sendung über Depression gesehen und schreibt:

»Es hat mir ein ganz kleines Stückchen weitergeholfen zu sehen, wie andere Menschen mit den Situationen umgehen. Ich selbst bin nicht betroffen, sondern meine älteste Tochter. Was schlimmer ist, kann ich nicht sagen, weil man ganz hilflos daneben steht.«

Ihre Tochter ging durch die Psychiatrie, »durch die Hölle«, schreibt sie sogar, und sie hat das Kind begleitet, durch alle Medikamente, durch hilflose Therapien, von Psychiater zu Psychiater und immer hatte sie den Eindruck: »Das hilft nichts.« Aber sie ist bei ihr geblieben, egal ob ihr geholfen wurde oder nicht, hat keine Mühe gescheut:

»Ich bin jeden Tag 50 km gefahren, mit dem Zug, denn ein Auto habe ich nicht. Jeden Tag war ich alleine vier Stunden unterwegs. Meine Arbeit habe ich verloren,

aber bis jetzt hat es sich gelohnt. Meine Tochter lebt und ganz, ganz langsam findet sie in den Alltag zurück.«

Und nach all den bitteren Erfahrungen mit Kliniken, Behörden und Ämtern zieht sie eine wichtige Bilanz, die ihr die Hoffnung gibt, es auch in Zukunft zu schaffen:

»Ich, nur ich alleine muß und kann mir helfen, sonst niemand, und nur zu mir kann ich Vertrauen haben, dann ist vieles zu ertragen, weil die Helfer meist hilflos sind.«

Manchen Depressionen kommt man nur auf die Spur, wenn man nach den Wolken guckt. Ja, nach den Wolken. Sie ziehen sich oft über Jahre und Jahrzehnte ganz langsam über einem Leben zusammen, und man weiß gar nicht, woher sie kommen, man weiß nur, es muß eine lange Geschichte sein.

Da muß man rückwärts gehen. Also: Was war ich vorher, finde ich da etwas in meiner Jugendzeit, was mich bedrückt hat, oder muß ich noch weiter zurück, waren die Wolken noch vorher da, was habe ich eigentlich in meiner Kindheit erleben müssen? Waren sie vielleicht da, als ich ein ganz kleines Kind war?

Das entnehme ich einem Brief, den mir Renate schickt. Renate ist jetzt 45, aber um herauszukriegen, warum sie Depressionen empfand und warum sie magersüchtig war, dafür mußte sie die Reise in ihre eigene Kindheit antreten.

Als sie ganz klein war, hat ihre Mutter schon ganz entscheidende Wolken über ihr Leben gesetzt. Sie hat nämlich gesagt: »Du bist dumm, Du wirst nie zu etwas taugen.« Und als sie schon ein bißchen mehr verstehen konnte, dieses Mädchen Renate, da hat sie ihr gesagt: »Du kostest mich zuviel Geld.« Und sie traute sich nicht mehr zu essen. Und dann schreibt sie weiter:

»Da mir derart viele Schuldgefühle aufgeladen wurden, vermuten die Ärzte, daß ich in meinem Körper eine unbewußte Sperre habe. Deshalb habe ich Probleme beim Lernen bzw. greift bei mir auch keine Therapie, und ich reagiere nur auf wenige Tabletten.«

Also nicht einmal Tabletten helfen. Es ist einfach ihre Geschichte, die ihr diese dunklen Wolken macht. Aber sie kann darüber sprechen. Sie schreibt mir Briefe, und da sage ich: »Weißt Du was, Renate, es gibt die Geschichte vom Dornröschen. Da gab es 13 Feen. Die 13., die selbst verletzt war, weil sie nicht eingeladen wurde zum Fest, die hat solche negativen Sätze gesagt wie Deine Mutter, und dann kam die zwölfte, die noch nichts gewünscht hatte, und sagt: ›Ich kann den Fluch zwar nicht aufheben, aber ich kann ihn umwandeln, so daß er Dir nicht wirklich gefährlich werden kann.‹

Und so hast auch Du eine zwölfte Fee, Renate, die Dich segnet und Dir sagt: ›Renate, Du wirst es trotzdem schaffen. Du wirst ein schweres Leben haben mit solch einer Mutter, aber Du wirst es schaffen.‹

Glaube es mir, ich seh's in dem Brief, ich spüre es. Du wirst es schaffen.«

Es steht mir nicht zu, darüber zu urteilen, wie man mit dieser psychischen Krankheit, der Depression, umgeht. Ich bin kein Arzt und kein Psychologe. Ich weiß nur, daß man unendlich viel Kraft, unendlich viel Verständnis, unendlich viel Liebe aufbringen muß, um mit all den Rückschlägen und der Hilflosigkeit der Psychiatrie fertig zu werden. Aber bei allen Briefen gibt es einen Funken Hoffnung: der Schrei nach uns, uns Mitmenschen.

Stotterer

Dieser Brief erinnert mich an meine eigene Kindheit. Ich hatte einen Freund, der war 14 Jahre alt und stotterte. Und wenn der sich verliebte, verliebte er sich am Telefon, und ich mußte für ihn telefonieren. Stellen Sie sich doch mal vor, ich immer zwischen ihm und seiner Freundin.

Und hier schreibt mir der Dejan. Er scheint dasselbe Problem zu haben:

»Ich bin 20 Jahre alt und stottere jetzt schon seit meinem sechsten Lebensjahr. Ich habe ein Dutzend Therapien besucht, bin sogar an vier Wochenenden 2000 km mit dem Bus gefahren, um bei einem Wunderheiler mein Glück zu suchen. Zwecklos. Hunderte von Mark habe ich aus dem Fenster geschmissen. Das Stottern begleitete mich überall.«

Mit der Familie scheint es auch ziemlich im argen zu liegen, denn er schreibt:

*»Zu erwähnen wäre, daß es bei mir im Elternhaus ge-
nauso schlimm ist, wenn nicht noch schlimmer. In meiner Familie hat niemand gestottert. Ich weiß auch nicht,
wie es dazu gekommen ist. Ein Schock, ein Unfall, keiner
weiß es.«*

Ich weiß das auch nicht. Und denke, ich habe vermutlich damals etwas falsch gemacht, als ich am
Telefon zwischen meinem Freund und seiner
Freundin vermittelt habe. Also habe ich mit Dag-
mar Tuschy-Nitsch gesprochen. Das ist eine ganz
bekannte Therapeutin, besonders für Sprachkri-
sen wie das Stottern.

F.: »Was soll man einem jungen Mann raten, der
solche Sprachprobleme hat?«

T.-N.: »Ich denke, wenn man davon ausgeht, daß
die Sprache der Ausdruck eines ganzen Menschen ist – also nicht nur, was man sagt, sondern
wie man es sagt –, dann ist einleuchtend, daß eine
Stotterertherapie immer eine ganzheitliche sein
muß.«

F.: »Was heißt das?«

T.-N.: »Also, indem man den ganzen Menschen be-
handelt. Keine symptomorientierte Therapie.«

F.: »Wie sieht das aus, einen ganzen Menschen zu
behandeln?«

T.-N.: »Daß man zum Beispiel herausfindet, in wel-
chen Situationen er mehr stottert, daß man be-
greift, daß das auch situationsbedingt ist.«

F.: »Ja, das schreibt er ja: ›*Es gibt Tage, wo ich kaum*

© ABACUS-Presseteam, Hamburg

stottere, und dann gibt es Tage, wo ich kein Wort raus-
kriege.‹«

T.-N.: »Genau das müßte man herauskriegen. In welchem inneren Zustand geht es besser? Das hängt mit seiner inneren Befindlichkeit zusammen.«

F.: »Wie ist das mit der Freundin, die dauernd übersetzt?«

T.-N.: »Das ist nicht günstig. Man schwächt ihn damit und entmutigt ihn. Es geht darum, daß man herausfindet, wo seine Stärken liegen, daß er in seinem Selbstwertgefühl ermutigt und gestärkt wird. Also, ich gehe davon aus, daß der Mensch alles in sich hat, was er braucht fürs Leben, und daß man diese Möglichkeiten herausfindet und ihn da unterstützt.«

F.: »Nun habe ich irgendwo gelesen, in Berlin gibt es einen Heiler, der sagt: In zehn Tagen habe ich Dich stotterfrei.«

T.-N.: »Also, das empfinde ich ein bißchen als Scharlatanerie, ganz ehrlich gesagt.«

F.: »Wieso?«

T.-N.: »Weil ich denke, da steckt ja ein ganzes Leben dahinter, und ich kann da nicht in zehn Tagen grundsätzlich etwas verändern. Ich könnte das schon verändern, ich könnte grundsätzliche Dinge neu legen, aber daß das sozusagen verankert wird, das neue Verhalten, das neue Sprechverhalten, das braucht, glaube ich, schon ein bißchen länger.«

F.: »Dann geben Sie mir noch eine letzte Antwort: Jetzt ist er schon so weit gereist, von Heiler zu Heiler. Hat er noch eine Chance?«

T.-N.: »Ja, denke ich schon!«

F.: »Also nicht aufgeben?«

T.-N.: »Nein, im Gegenteil!«

F.: »Also zu Ihnen kommen?«

T.-N.: »Natürlich!«

F.: »Ich danke Ihnen für das Gespräch.«

Seelsorge-Gespräch

Unter den vielen Briefen, die mich hier täglich erreichen, gibt es immer wieder Absender, die fragen: Kann ich Sie einmal, lieber Herr Fliege, nur für 30 Minuten, vielleicht in München oder sonstwo, irgendwo, irgendwann einmal privat sprechen. So Auge in Auge, daß nur wir zusammen sind und niemand anderes sonst und nicht das Fernsehen. Und immer wieder muß ich sagen: Diese Zeit finde ich nicht mehr, obwohl ich weiß, wie wichtig das ist, einen Menschen irgendwo in der weiten Welt zu kennen, dem man wirklich vertrauen kann, der einen nicht reinlegt, der mit einem kein merkwürdiges, verrücktes Spiel spielt. Das verstehe ich, und trotzdem muß ich antworten, auch meine Zeit ist nur beschränkt. Aber ich finde eine Antwort, vielleicht wie ich sie der Else geben möchte, die das nämlich von mir will.

»Je älter ich werde, desto mehr holt mich meine Vergangenheit ein, und es tut so furchtbar weh. Ich trage alles innen, wo soll ich auch hin?

99

Ich wünsche mir von Ihnen, Herr Fliege, daß Sie Zeit für mich finden wollen.«

Nur, ich finde sie leider nicht. Aber, Else, als ich noch kein Fernsehen machte, war ich ein ganz unbekannter, für Sie unsichtbarer Mensch, ein Pfarrer irgendwo in einem kleinen Städtchen am Niederrhein. Und da habe ich auch schon versucht, Menschen zu verstehen, und sie haben mir vertraut. Ich bin sicher, in jeder anderen Stadt, irgendwo in Ihrer Nachbarschaft gibt es jemanden, dem Sie vertrauen können, wie Sie mir vertrauen. Das muß nicht der Arzt, das muß nicht der Pfarrer sein, das kann ein Mann oder eine Frau von nebenan sein. Und für Sie gilt die Prophezeiung: Wenn Sie suchen, werden Sie finden, denn Vertrauen zieht sich an.

Und das antworte ich auch Elisabeth. Elisabeth ist 77 Jahre, eine alte Dame schon, und die schreibt mir, daß sie gesundheitliche Schwierigkeiten hat und es kaum ertragen kann, daß sich ihre Kinder einfach von ihr entfernen wollen, ein eigenes Leben leben wollen und sie, alleingelassen mit ihrer angeschlagenen Gesundheit, weiß nun nicht, was sie machen soll. Mit mir reden will sie darüber, ihr Herz erleichtern.
Liebe Elisabeth: Erinnern Sie sich noch an die Zeit, vor 10, 20, 30 Jahren, als die Kinder noch klein waren? Da haben Sie davon geträumt, wie es

denn wäre, wenn die Kinder endlich mal Ihren Rockzipfel loslassen und Sie wieder atmen können, ohne die Kinder.

Und jetzt, wo die Kinder in die Welt hineingegangen sind, da halten Sie deren Rockzipfel. Die Mutter hält sich am Rockzipfel der Kinder fest. Und die Kinder träumen davon, endlich eine Woche, einen Monat, einen Tag zu haben, wo sie frei atmen können.

Ich denke, wenn man sich losläßt, haben beide Seiten sehr viel Kraft und Raum, frei zu atmen und kommen, weil sie sich lieben und diese Liebe wiederentdecken, früher oder später wieder aufeinander zu. Also: Geben Sie Ihren Kindern Raum zum atmen. Das würde ich Ihnen auch sagen, wenn Sie hier wären.

Fuzzi

Noch nie haben mich so viele Briefe erreicht wie zu einem Thema, nämlich zum »Fuzzi«-Thema. Unter der ganzen Post befindet sich auch ein Brief meines Bischofs. Der will alles ganz genau wissen. Was will er genau wissen? Er teilt wahrscheinlich die Empörung all dieser anderen Briefschreiberinnen und Briefschreiber. Er will wissen, ob ich wirklich nicht an Gott glaube, denn was ist ein Pfarrer, der nicht an Gott glaubt? Der muß doch so etwas ähnliches sein wie ein Vegetarier, der heimlich zu Hause Rindfleisch ißt. Also, glaubt er nun an Gott oder glaubt er nicht. Und woher kommt dieser ganze Ärger? Warum ärgert sich beispielsweise Hildegard. Sie schreibt:

»Ich muß Ihnen sagen, daß ich absolut nicht glaube, was in diesem Boulevard-Blättchen alles geschrieben steht. Aber da es sich offensichtlich um ein Interview handelt, war ich doch sehr erschrocken. Besonders die angebliche Äußerung über Gott, ›diesen komischen Fuzzi da oben‹.«

Das Boulevardblättchen war eines von ganz vielen Blättern, die etwas nachgedruckt haben, was ich vor gut einem Jahr in Leipzig gesagt habe. Da wurde ich von einer Journalistin gefragt, wie er denn ist – der Gott. »Ist das wirklich wahr, daß er da oben über den Wolken schwebt, ein alter Mann mit Bart und zwischen die Wolken guckt, ob wir auch alles in Ordnung machen und auch ja keine Sünde begehen?« Und als sie mich das so gefragt hat, da habe ich dann gesagt – lachend gesagt –, an einen so komischen Fuzzi glaub' ich nicht. Mein Gott ist anders. Mein Gott redet anders und fühlt anders und führt anders.

Aber das hat sie alles nicht geschrieben, hat ihre Frage nicht geschrieben, sondern hat nur einen einzigen Satz gebracht, und der hieß dann: »An diesen komischen Fuzzi da oben glaub' ich nicht.« Was macht man nun, wenn es auf einmal schwarz auf weiß in einer Zeitung steht? Man zerreißt den Artikel und stellt fest: Das ist nur die halbe Wahrheit, die da steht. Und eine halbe Wahrheit ist so wie eine halbe Schwangerschaft, die gibt's nicht. Es gibt keine halben Wahrheiten. Es gibt nur Wahrheit oder Lüge. Es gibt nur Wahrheit oder irgendeine Mauschelgeschichte.

Wissen Sie, was mich am meisten beschäftigt? Daß durch einen solchen Artikel, der einfach immer nur nachgedruckt wird, ohne zu prüfen, was da wirklich mal gesagt worden ist, Hunderte und Aberhunderte von Menschen verunsichert werden.

Und dann muß ich schreiben und sagen: Nein, nein, das ist das Werk von anderen Leuten, die Sie verunsichert haben, muß sagen: Nein, nein, fürchte Dich nicht, ich glaube weiter an Gott, wie Du – wie Sie –, denn wenn Sie es nicht tun würden, hätten Sie sich ja nicht so erregt. Oder hätten Sie mir einen anderen Rat gegeben? Ich bitte Sie also, wenn ich Sie damit verletzt haben sollte, wenn der Artikel Sie verunsichert hat, um Entschuldigung. O. k.?

Einsamkeit

Ich möchte Sie mit Gabriele bekanntmachen, wenigstens soweit wie ich sie durch ihren Brief kennengelernt habe. Sie ist 39 Jahre alt und im Augenblick fragt sie sich: »Was, wenn das Leben schon zu Ende wäre.« Warum?

Nun, ihre Eltern sind früh gestorben, der Job, den sie hat, macht ihr keine Freude mehr, sie denkt daran, irgendeine Umschulung zu machen, aber niemand finanziert ihr das. Und mit der Liebe, da hatte sie auch so ihre Probleme. Es gab zwei Versuche, wo sie sich verliebt und einem Menschen vertraut hat. Aber dann ist etwas schiefgegangen. Jetzt steht sie da, die Eltern tot, der Job langweilig, alles aus. Und die Männer? Sie schreibt:

»So bin ich ganz alleine. Und es beherrscht mich allmählich die Angst – Angst vor dem Leben, aber auch etwas vor dem Tod –, Angst, beruflich, privat und gesellschaftlich gescheitert zu sein. Angst, alleine zu sein und es auch zu bleiben, nie einen Partner zu finden, der mich auch wirklich liebt und achtet.«

Und warum Angst, Angst vor dem Tod? Sie sagt, sie sei 39 Jahre alt. Sie hat das Gefühl, da sei das Leben schon halb vorbei, da sei es doch schon fast um. Und da kommt dann die Gekränktheit von Gabriele ganz raus. Sie vergleicht sich nämlich die ganze Zeit: Ich bin 39 und zu alt – zu alt wofür? Ich habe einen blöden Job, die anderen haben einen interessanten. Die anderen sind verliebt, die anderen haben Glück mit den Männern, ich habe Unglück, und ich hab nicht einmal Vater und Mutter. Alle anderen haben sie aber.

Ich glaube, das ist eine Krankheit, unter der nicht nur Gabriele leidet, sondern wir alle. Wir sehen immer Menschen, die glücklicher sind als wir, wir vergleichen uns immer wieder, und wenn wir uns vergleichen, stehen wir oft als unglückliche Menschen da.

Gabriele, was Du lernen mußt, ist zu sagen: »Mein Leben sieht anders aus als jedes andere Leben auf der Welt. Wann ich einen Mann finde, ob ich überhaupt einen finden muß, wird sich ja zeigen. Wenn nicht mit 39, dann mit 79. Das gibt's ja auch. Und wenn ich meine, ich müßte einen anderen Job haben, warum gerade jetzt?«

Ich weiß es nicht, ich weiß nur, daß man sich nicht vergleichen darf auf dieser Welt. Dann wird man unglücklich. Und wenn man sich für unvergleichlich hält, dann hat man einen Zipfel des Glücks schon erwischt. Sie, Gabriele, sind unvergleichlich. Das ist der Kern Ihres Wesens.

Fluch

Ich bekomme Post von Renate. Sie ist 45 Jahre alt, und offenbar fühlt sie sich vom Pech verfolgt, so sehr, daß sie sogar schon zu einer Hexe gegangen ist. Und jetzt will sie wissen, was der Pfarrer dazu sagt. Sie will vor allem ein paar Erklärungen haben.

»Nachdem Sie Pfarrer sind und Fluch sicher ein schwieriges Thema ist (habe diesbezüglich auch noch keine Lektüre gefunden), ist das auch ein Grund, Sie anzuschreiben. Können Sie mir den Unterschied von Schicksalsschlägen, Pech und Fluch sagen?
Im Fernsehen habe ich eine Sendung über Fluch gesehen und mit einer ›Hexe‹ (Magie) Kontakt aufgenommen. Sie ist ganz sicher, daß es nichts mehr mit Pech zu tun hat. Sie hat gesagt, sie könne mir auch sagen, wer mich verflucht hat.«

Renate, ich will einfach anfangen.
Was ist ein Schicksalsschlag? Davon redet man, wenn einer, den man mag, einer aus der Familie,

sich vielleicht im Straßenverkehr oder bei einem Unfall oder sonstwie schwer verletzt hat oder sogar gestorben ist. Oder wenn das Haus, das Grundstück, für das man jahrelang gearbeitet hat, in einer Nacht durch eine Flut, durch ein Erdbeben vernichtet wird.

Und alle Leute sagen: »Da kannst Du doch nichts dafür«, und trotzdem hat man das Gefühl: Doch, es hat was mit mir zu tun, irgendwas läßt mich nicht zur Ruhe kommen. Da gibt es diese Stimme: »Warum ich? Warum ist mir das passiert?« Als wenn das Schicksal eine Antwort von Ihnen wollte, Renate, oder von mir, wenn es mich trifft. Als wenn das Schicksal so etwas wie eine Herausforderung ist und sagt: »Findest Du eine Antwort auf das, was Dir jetzt widerfahren ist?« Das ist so was wie ein Schicksalsschlag.

Wie ist das mit dem Pech? Das ist was ganz anderes. Da hat man das Gefühl, daß alles, was um einen herum schiefgeht, etwas mit einem selbst zu tun hat. Als wenn man es selber verursachen würde.

Die Sprache formuliert ja auch, daß einem das Pech an den Füßen klebt. Überall, wo man hingeht, zerbrechen die Gläser, stürzt etwas herunter, platzen Termine. Als wenn es etwas innen drin gäbe, das pechrabenschwarz und voller Angst ist, das dieses Unglück überhaupt erst produziert. Als wenn die Seele nicht nur einen Menschen dunkel machen könnte, sondern die Umgebung auch.

Also, um dem Pech zu entgehen, muß man sich

fragen: »Vor was ängstige ich mich, was fürchte ich, was ist in mir so dunkel, so pechrabenschwarz, daß ich das Pech um mich herum geradezu produzieren kann?«

Und wie ist das mit dem Fluch? Funktioniert das überhaupt, einen Menschen zu verfluchen? – Na klar funktioniert das. Sie sind 45, haben Sie ein Kind? Würden Sie das morgens zur Schule schicken mit einem Satz wie: »Ich möchte, daß Du unter die Straßenbahn kommst«? Natürlich sagen Sie so was nicht. Aber stellen Sie sich das doch nur einen Augenblick lang vor. Was glauben Sie, mit welch wackelnden Knochen es ihr Haus verläßt, wie unsicher es durch den Verkehr geht, und es dauert nicht lange, da wäre Ihr Fluch auf einmal Wirklichkeit geworden.

Um so wichtiger ist es, sich an eine andere Tradition zu erinnern, nämlich daß man einen Menschen auch segnen kann und daß der Segen die einzige Macht gegen den bösen Fluch ist. So segnen viele Mütter ihre Kinder, wenn sie aus dem Haus gehen und sagen: »Ich möchte, daß Du heute gut beschützt bist. Ich möchte, daß Du heute in der Schule o. k. bist, und ich möchte – zum Ehemann, zur Ehefrau –, daß du einen wunderschönen Tag erlebst. Ich hab' dich lieb.« Das ist auch ein Segenssatz.

Ich wünsche Ihnen, daß es Menschen in Ihrer Umgebung gibt, die Sie segnen. Dann müssen Sie nicht zur »Hexe« gehen.

Vorurteile

Ab und zu bekomme ich Post von ganz jungen Mädchen. So von der Schülerin Mareike:

»Obwohl ich selbst relativ katholisch erzogen werde, fühle ich mich in der katholischen Kirche schon seit Jahren nur noch mißverstanden. Mein bester Freund, mein ›wandelndes Tagebuch‹, ist schwul.
Im Religionsunterricht wurde ihm beigebracht, daß Homosexuelle pervers seien. Kevin ist sehr zart und verletzlich. Ich habe ihn lieb, so, als wäre er mein Bruder. Ein katholischer Pfarrer findet seine Veranlagung pervers. Das tut Kevin weh – und mir. Ich bin gegen die katholische Kirche.«

Und Sie, wie gehen Sie damit um, daß jeder zehnte Mensch auf Erden eine homosexuelle Ader hat? (Jeder zehnte Mann und jede zehnte Frau bekennen sich mittlerweile, so haben es Untersuchungen ergeben, dazu.) Wie gehen Sie damit um, daß die katholische Kirche sagt – oder einige Priester sagen –, diese Veranlagung sei pervers? Wer hat recht? Der Priester oder Mareike, die Kevin liebt wie einen Bruder?

Ganz klar. Mareike hat recht. Und unsere Angst, mit diesen etwas anders gearteten Männern und Frauen liebend umzugehen, hat dazu geführt, daß man sie vor 60 Jahren ins KZ geschickt hat, nur, weil sie homosexuell waren und nur, weil es irgendwelche Priester gab, die gesagt haben, diese Veranlagung sei nicht eine Gabe Gottes, sondern pervers.

Ich habe mittlerweile den Eindruck, daß die Kirche Nachhilfe braucht, Nachhilfe von Homosexuellen, von schwulen Männern und Frauen. Diese Menschen sind nämlich stark und groß in der Liebe. Die Liebe sprengt jede Grenze, auch die Grenze zwischen Mann und Frau. Es geht, als Mann einen Mann zu lieben, und es ist wunderschön. Auch mein bester Freund ist schwul. Also: Mareike hat recht! Und eines Tages wissen es auch alle Priester.

Es ist wirklich traurig, daß Kirchenleute, die Liebe predigen, ganz entscheidend für Vorurteile verantwortlich sind.

Da ist zum Beispiel die Geschichte eines kleinen Mädchens, das sich auf die Reise gemacht hat, um zu wissen, was los ist zwischen Himmel und Erde. Von außen sah sie aus wie alle anderen Mädels, unscheinbar vielleicht – aber innen war sie ganz reich an Spiritualität, an Instinkt, an der Ahnung, daß es etwas geben müßte, was ihr endlich Frieden bringt. Und was macht sie? Sie lernt und lernt, macht eines Tages Abitur und beginnt ein Theologiestudium.

»Manche gingen schnell auf die andere Straßenseite, um mir nicht zu begegnen, mieden mich wie die Pest. Andere sagten: Was ich überhaupt im Theologiestudium will, wer an Gott glaubt, landet nicht auf der Intensivstation. Andere wollten Handauflegen, um Satan auszutreiben.«

Das alles schreibt mir Christine, und ihr Brief ist seitenlang.

Was war passiert? Christine, die mit der Welt nicht mehr klargekommen ist, die glaubte, im Theologiestudium eine Antwort auf ihre Fragen zu bekommen, die sich von ihren Eltern, von den Kommilitonen mißverstanden fühlte, machte mehrere Selbstmordversuche.

Aber niemand hörte ihren Schrei. Das einzige, was sie zu hören bekam, war: »Mußt doch keinen Selbstmordversuch machen, nur weil du nicht verstanden wirst, man landet doch nicht auf einer Intensivstation, wenn man nicht verstanden wird.«

Aber genau da ist sie immer wieder gelandet, einfach weil sie ein junges Mädchen war, das genau wußte: Es gibt mehr, und ich bin verzweifelt, weil ich den Weg nicht finde.

Der Weg führt nämlich ganz woanders lang.

Da ist sie dann von der Universität gegangen und

hat mit dem Studium aufgehört, und wissen Sie, wo sie jetzt studiert? In einem Altenheim. Und zwar immer noch Theologie. Christine, auch ich habe Theologie nicht in der Universität gelernt. Ich hab's »gestern« gelernt. Ich bin »gestern« einigen Menschen begegnet, einigen Pflanzen und Tieren, und die haben mir etwas erzählt vom Leben. Und so wird es immer sein, ich werde von den Menschen, den Tieren und Pflanzen lernen, denen ich begegne. Und genau das tust Du auch. Ich bin froh, daß Du diesen Weg für Dich gefunden hast.

Und jetzt hast Du große Lehrer im Altenheim. Das sind Menschen, die haben ein ganz langes Leben hinter sich und können Dir erzählen, was sie wissen von dem, was die Erde bewegt, und daß die unsichtbare Welt die sichtbare bewegt.

Erziehung

Eine Frage an Sie: Wie erziehen Sie ihre Kinder? Mit Zuckerbrot und Peitsche? Immer mit den Extremen im Sinne von: Manchmal muß man den Kindern geradezu Zucker in den Hintern blasen – sagt man ja so im Volk –, damit sie tun, was man als Erwachsener will, und manchmal geht's ohne Zoff und ohne Härte und ohne Gewalt nicht ab? Ich weiß, es gibt noch einen dritten Weg zwischen diesen Extremen. Denn die Extreme rufen bei unseren Kindern dieselbe Reaktion hervor, und die besteht aus Gewalt. Zwischen diesen Extremen suchte Petra ihren Weg, ihren fünfjährigen Sohn zu erziehen. Sie schreibt mir, daß sie oft genug daran gedacht hat, sich selbst zu töten, weil Sie sich dieser Aufgabe überhaupt nicht gewachsen fühlte. Zweimal hat sie schon einen Selbstmordversuch unternommen, schreibt sie mir. Ich halte den Brief in den Händen und spüre ihre große, große Not.

»Nachdem ich meinen heute fünfjährigen Sohn geboren hatte, habe ich sehr große Probleme. In all diesen Jahren

ist es ein sehr aufdringliches und unruhiges Kind. Hy-
peraktiv ist er nicht, das wurde mir aus ärztlicher Sicht
bestätigt. Es ist zum Verzweifeln. Ich weiß nicht mehr ein
noch aus.«

»Ich weiß nicht, was ich tun kann. Ich hab' meine Mitte verloren«, sagt sie mir geradezu. Sie erscheint mir wie eine Pflanze, die dem Wind ausgesetzt ist, der sie schüttelt und schüttelt und schüttelt. Ich kenne nur eine Hilfe für solch eine Pflanze, die man ihr von außen geben kann. Als mitfühlender Mensch gebe ich ihr eine Stütze an die Seite, damit sie weiß, wo oben und unten ist.

In diesem Sinne, Petra, rate ich Ihnen: »Sie brauchen eine Stütze, eine professionelle Stütze und Hilfe, wo Sie sich wöchentlich beraten können: Was mache ich richtig? Sie dürfen in dieser Situation mit Ihrem Kind gar nicht allein gelassen werden. Fragen Sie Ihren Arzt, fragen Sie bei der Erziehungsberatung. Irgendwo muß es doch jemanden geben, der Ihnen diese professionelle Stütze ist, damit Sie nicht in die Extreme fallen von Zuckerbrot und Peitsche. Und dann können Sie und ihr Sohn endlich zueinanderkommen.

Und wenn es genau andersherum ist? Karin hat ein wunderschönes Mädchen, das still in der Ecke sitzt und dauernd Bilderbücher anschaut und offenbar ein sehr geheimnisvolles Kind ist, aber die Kindergärtnerinnen sagen dann: »Mit Ihrem Kind scheint irgend etwas nicht zu stimmen. Das ist viel zu ruhig, das ist viel zu leise.« Was macht man denn dann? Karin schreibt mir:

»Ich bin alleinerziehende Mutter. Mein Kind ist jetzt bald sechs Jahre alt. Es liebt mich sehr, möchte immer in meiner Nähe sein. Und ich bin mächtig stolz auf meine kleine Anne-Marie. Sie weint nie, ist nie laut, sitzt am liebsten still in einer Ecke, blättert in Bilderbüchern oder malt oder hört Musik.«

Muß sie sich jetzt Sorgen machen? Die Frage, die ich bei so einer Geschichte immer wieder stelle, ist: »Wer leidet denn? Leidet Ihr Kind?« Spür' ich in Ihrem Brief nicht. »Leiden Sie? Leiden Sie unter Ihrem Kind?« Spür' ich eigentlich auch nicht. Das einzige, worunter Sie leiden, sind offenbar die Kindergärtnerinnen, die Ihnen irgend etwas ins Ohr blasen, daß da was nicht stimmen könnte. Aber die, es wirklich betrifft, Sie und Ihr Kind, spüre ich nicht leiden.

Ich finde, Sie brauchen kein »normales« Kind. Keiner braucht ein »normales« Kind. Jeder hat sein Kind – und das ist nie normal, sondern das ist das Kind, das ich liebe. Also, ich denke: Lieben Sie Ihr Kind. Es ist völlig in Ordnung.

Kettenbrief

Es gibt ein paar Briefe, die kommen eigentlich nur vorübergehend zu mir. Wissen Sie, wo die dann endgültig landen? In einem Papierkorb. Und wissen Sie, was das für Briefe sind? Es sind Kettenbriefe. Kennen Sie Kettenbriefe? Ich bekomme sie auch immer wieder. Aber manchmal auch von Menschen, die sie mir in ihrer Not zugeschickt haben. Da schreibt mir Edelgart:

»Beiliegenden Brief erhielt ich vor einigen Tagen von einer lieben Freundin, die mit Sicherheit gedachte, mir damit Freude und Kraft zu schenken. Leider hat sie damit genau das Gegenteil erreicht. Denn trotz meiner nüchternen Einstellung hatte ich Mühe, das Mißbehagen zu bewältigen, das mich überfiel, weil ich den Brief zu ignorieren gedachte (und es auch tat).«

Tatsächlich, gibt es da nun Kettenbriefe, von denen man sagt, sie seien dreimal oder gar neunmal um die Welt gegangen und jetzt, kaum hat man sie in der Post, erreicht das Glück auch Dich. Aber, das ist erst einmal nur Tünche, denn man sieht doch, was so ein Kettenbrief wirklich auslöst, der behauptet: Wenn Du 20 Leute findest, denen Du diesen Brief jetzt weitersendest, nachdem Du ihn kopiert hast, innerhalb von 48 Stunden, dann kommt der große Lottogewinn auch zu Dir. Alles Tünche, denn Sie sehen, er löst Angst aus.

Und nun stellt sich immer wieder die Frage: Soll ich den Kettenbrief doch weiterschicken, oder soll ich sagen: Ich unterbreche hier die Kette? Ich kann verstehen, was Ihnen da angst macht. Es ist die Angst, einer Welle, die über Sie kommt, in irgendeiner Weise Widerstand entgegenzusetzen. Sie haben Angst davor, umzufallen. Das Leben könnte sich Sie raussuchen und fertigmachen. Ich verstehe diese Angst.

Aber vielleicht muß man sich, damit man nicht alleine dieser Welle gegenübersteht, zu einer neuen Welle zusammenschließen, die sagt: Schluß mit den Kettenbriefen, und ich bin nicht der einzige, der damit Schluß macht. Es gibt überall im Lande Menschen, die da nicht mitspielen, und sie bilden dadurch eine ganz neue Kette. Eine starke Kette der Liebe und der Sympathie.

Dasselbe gilt für Sonja, die mir schreibt:

»Ich fühle mich stark unter Druck gesetzt, denn ich bin durch meine Krankheit nicht so fit, um jetzt schnell wo hinzulaufen und das Schreiben zu kopieren, zumal das Ganze in 96 Std. weitergehen soll.«

Nun schickt sie mir den Kettenbrief und schreibt
weiter:

*»Nun können Sie denken, ich wälze die Verantwortung
auf Sie ab, indem dann der Brief bei mir aus dem Haus
ist, und wenn ich ehrlich bin, ein klein wenig ist es so.«*

Gut, daß Sie mir die Verantwortung gegeben
haben. Ihren Brief zerreiße ich nicht, aber den
Brief, der sie ängstigt. Schluß mit den Kettenbriefen. Ehrlich: Wollen Sie Ihren besten Freunden
20mal Angst ins Haus schicken? Nein, ganz bestimmt nicht! Also: Widerstand. Sie sind nicht alleine.

Abtreibung

Ich bin der Meinung, (und die sage ich immer wieder), daß eine schwangere Frau, die nicht genau weiß, ob sie ihr Kind behalten will, sich einfach einige Zeit in die Stille zurückziehen sollte, um mit diesem werdenden Kind ein bißchen zu reden: »Willst Du auf die Erde kommen, und kann ich glücklich mit Dir werden?«

Und ganz viele Frauen sagen: »Endlich mal ein Rat, der uns geholfen hat. Es wird Zeit, daß nicht fremde Männer über mich und über das Kind, das in mir wächst, bestimmen, sondern das Kind endlich eine Stimme bekommt.«

Einen ähnlichen Rat gibt Eva:

»Jede Frau und jedes Mädchen soll es für sich selbst ausmachen: Nicht die Eltern oder Väter haben das Recht, ja oder nein zu sagen, sondern es ist immer noch ihr Körper. Die Väter verdrücken sich, wenn es ihnen nicht paßt. Habt Mut für euren Entschluß, wägt ab, rechnet damit, auch allein zu sein und gebt alleinerziehenden Müttern Erbarmen.«

Wie recht sie hat, beweist ein Brief von Petra, der es in sich hat.

»Damals war ich 27 Jahre und bin von meinem damaligen Freund, mit dem ich schon drei Jahre zusammen war, schwanger geworden. Er wollte dieses Kind aber nicht. Also beschloß ich, dieses Kind alleine großzuziehen. Ich habe mich wahnsinnig auf dieses Kind gefreut.«

Aber dann lese ich weiter in Petras Brief.
Was macht ihr Freund? Der lädt sie scheinheilig zu einem Ausflug ein und fährt dann eine Ratterstrecke, damit sie das Kind verliert, stößt sie sogar aus dem Auto, bei ihren Eltern vor der Tür. Ärzte, Eltern, Freunde drängen sie, das Kind abzutreiben, denn alle befürchten, das Kind könnte Schäden erlitten haben.

»Ich bin dann nach Hamburg in eine Klinik gefahren, wo es unter Vollnarkose gemacht wurde. Noch auf dem OP-Tisch wußte ich, daß ich mit dieser Schuld nicht würde leben können. Da saß ich nun ganz allein, und zum ersten Mal hatte ich das Gefühl, meinem Kind nahe zu sein, nur wir beide. Aber es war zu spät.«

Und so macht sie sich Vorwürfe, daß sie es hätte doch irgendwie behalten sollen, und die Vorwürfe gehen ganz tief, denn sie sagt:

»Durfte ich das? Hatte ich wirklich das Recht, über Leben und Tod zu entscheiden. Etwas so Endgültiges zu tun?
Danach hatte ich drei Fehlgeburten und habe dies als Strafe von Gott angesehen für die Sünde, die ich damals begangen habe.
Aber vor fünfeinhalb Jahren hat Gott mir vielleicht doch ein bißchen verziehen. Er schenkte mir eine Tochter, die ich von ganzem Herzen liebe.«

Petra, manchmal habe ich das Gefühl, in einer solchen Situation, da hat man ein Fernglas, guckt in den Himmel, aber man hält das Glas vor lauter Aufregung falschrum. Man sieht den lieben Gott weit, weit entfernt, man weiß, er sieht alles, dann hilft er nicht und macht einem nur Vorwürfe. Aber, wenn man das Fernglas umdrehen würde, Richtung Himmel und würde ihn ganz nahe heranholen? Was hätte man dann für ein Gefühl?
Wenn der liebe Gott wirklich auf die Erde kommen könnte und dabeigewesen wäre – das Auto, Sie schwanger, der Mann, der Sie rausstößt –, haben Sie das Gefühl, er macht Ihnen Vorwürfe? Oder ist er nicht sehr nahe bei Ihnen, bei Ihrem Kind? Liegt er nicht bei Ihnen, geradezu im Straßengraben, während der Mann mit dem Auto wegfährt? Und ist er nicht der, der neben Ihnen ist, während Sie mühsamst versuchen, wieder auf die Beine zu kommen? Nach drei Versuchen, mit einem Kind wieder aufzustehen? Ist er nicht da?

Und ist er nicht auch da, ganz unsichtbar bei Ihnen, wenn Sie wieder ein Kind bekommen? Das erste Kind kann er nicht wieder lebendig machen, aber gibt er Ihnen nicht ein Gefühl dafür, daß Sie nicht verlassen sind? Daß Sie nicht von Gott und aller Welt verlassen sind?

Ich kann mir vorstellen, daß die Liebe zu Ihrem Kind, die Sie jetzt spüren, ein Ausdruck dessen ist, daß Sie wieder gen Himmel sehen können und sagen: »Ich fühl mich doch nicht mehr verlassen. Und ich danke dafür.«

Also, wenn Sie gen Himmel sehen, nehmen Sie das Fernglas richtig in die Hand und lassen Gott ganz nahe an Ihr Leben herankommen, so nahe, daß Sie ihn fast anfassen können.

Passen Sie gut auf sich auf

Immer wenn ich sage: »Passen Sie gut auf sich auf«, dann gibt es ein paar Leute, die sagen: »Warum macht er mir jetzt angst, warum soll ich aufpassen, bedroht mich irgend etwas?« Sie sehen, vor Mißverständnissen ist keiner gefeit. Hier gibt es einen Gemeindebrief aus dem Rheinischen, der hat eine ganz eigene Deutung:

»Mir gefällt dieser Satz nicht, weil er das ausdrückt, was unsere heutige Gesellschaft ausmacht. Selbstverwirkli- chung auf Teufel komm raus.«

Dann krieg ich aber auch Post von Elisabeth, die mich wirklich berührt:

»›Passen Sie gut auf sich auf‹, das sagen Sie jeden Tag und meinen es bestimmt gut.«

Stimmt, meine ich auch. Aber es gibt auch Situa- tionen, wo ich offenbar Menschen alleine lasse mit diesem Satz. Das will ich nicht. Menschen, die mit diesem Satz alleine nichts anfangen können, weil ihr Problem auch riesengroß ist. Elisabeth erzählt davon, daß sie ihren Mann durch Kehlkopfkrebs verloren hat. Als er starb, war sie zwar in der Wohnung, aber nicht bei ihm im Zimmer. Sie konnte sein Leiden nicht mehr ertragen. Und in dieser Situation hilft ihr auch dieser Satz nichts. Sie macht sich Vorwürfe. Und wenn ich dann sage: »Passen Sie gut auf sich auf«, dann sagt sie: »Was soll ich damit? Ich fühle nichts.«

Ich will versuchen, mich ein bißchen zu erklären. Denn ich will es auch Elisabeth erklären, die schreibt:

»Ich vertraue Ihnen, Herr Fliege, diesen Brief an, und vielleicht können Sie mir einen Tip oder Rat geben. Was man ändern kann, wie man miteinander umgeht und wie man auf sich aufpaßt.«

Ich will's versuchen. Eigentlich will ich Ihnen nur erklären, daß Ihr Leben kostbar und auch empfindlich ist wie ein rohes Ei. Und daß Sie sich nicht so schinden dürfen, sich nicht so unter Druck setzen dürfen, so daß dieses Ei zerplatzt und zerbrechen könnte in Ihrer Hand.

Ich möchte eigentlich, daß Sie lernen, mit sich selber etwas empfindsamer, furchtsamer, zärtlicher umzugehen. Warum? Weil ich Sie für sehr kostbar halte, voller Leben, voller Möglichkeiten.

Ich sag' also nicht: Sie müssen das, Sie müssen das,

Sie müssen das ... und mache unendlich viel Druck. Sondern ich möchte sagen, Sie sind ein wunderbares Geschöpf, und deswegen: »Passen Sie gut auf sich auf.« Warum? Na, weil es Menschen gibt wie mich, die Sie brauchen, die Sie vielleicht sogar liebhaben.

Da gibt es ein sehr zärtliches Gedicht von Bertold Brecht, der hat einmal gesagt: Wissen Sie, eine Geliebte, die genau weiß, daß sie geliebt wird, die paßt auf Ihr Leben auf, so daß nicht einmal ein Regentropfen in der Lage ist, sie zu erschlagen, einfach, weil sie gebraucht wird, weil sie geliebt wird und weil sie liebt.

Das ist eigentlich der Geist, den ich Ihnen mit diesem letzten Satz mitgeben möchte. Mir geht es wie einem, der Sie schon sehr mag und der sich schlecht von Ihnen verabschieden kann und dann nach etwas sucht, was er Ihnen mitgeben kann. Irgendeinen Satz. Irgendein Wort. Einen Trost.

Verliebte sagen oft: »Träum von mir«, oder: »Bis morgen«, oder: »Ich träum' von Dir«. Irgend etwas geben sie an unsichtbaren Worten mit, und ich sag' Ihnen eben immer zum Abschied: »Wissen Sie was, ich mag Sie. Und Sie sind wichtiger, als Sie vielleicht denken, und ich finde Sie sehr, sehr kostbar.«

Also: Passen Sie gut auf sich auf.